»Natürlich weiß ich, daß es zweierlei ist, Sehnsucht zu haben oder über Sehnsucht zu schreiben.«

Ein Werkstattgespräch mit sich selbst: In ihrer Frankfurter Poetikvorlesung gibt Monika Maron dem Leser, der Literatur nicht nur als Inhalt begreift, sondern wissen will, wie sie entsteht, wie sie funktioniert, Einblick in den komplizierten Gestaltungsprozeß eines neuen Romans: sie verwirft immer neue Anläufe, klopft verschiedene Entwürfe auf Konstruktionsfehler hin ab und analysiert selbstkritisch Irrwege.

Monika Marons literarische ›Krisenbewältigung‹ ist nicht nur eine kluge und lehrreiche Reflexion über poetologische Grundprobleme, sondern auch eine höchst amüsante und narrativ abwechslungsreiche Erzählung über Frust und Lust der Autorschaft.

»Was lernen wir daraus? Erzählen ist ein lebendiger, rätselhafter, mit Vernunft nie ganz auszulotender Prozeß. Von diesem Abenteuer handelt dieses schöne Buch.« (Ralph Gambihler, Leipziger Volkszeitung)

Monika Maron ist 1941 in Berlin geboren, wuchs in der DDR auf, übersiedelte 1988 in die Bundesrepublik und lebt seit 1993 wieder in Berlin. Sie veröffentlichte u. a. die Romane ›Flugasche‹, ›Die Überläuferin‹, ›Stille Zeile sechs‹, ›Animal triste‹, ›Pawels Briefe‹ und ›Endmoränen‹, außerdem mehrere Essaybände. Sie wurde u. a. mit dem Kleist-Preis und dem Friedrich-Hölderlin-Preis der Stadt Bad Homburg ausgezeichnet.

Unsere Adresse im Internet: www.fischerverlage.de

Monika Maron

Wie ich ein Buch nicht schreiben kann und es trotzdem versuche

Fischer
Taschenbuch
Verlag

Veröffentlicht im Fischer Taschenbuch Verlag,
einem Unternehmen der S. Fischer Verlag GmbH,
Frankfurt am Main, Mai 2006

Druck und Bindung: Clausen & Bosse, Leck
Printed in Germany
ISBN-13: 978-3-596-16664-0
ISBN-10: 3-596-16664-0

Vom Scheitern I–III

Worüber zu sprechen ich mich hier aufgefordert fühle, ist etwas sehr Intimes, über das ich öffentlich eigentlich gar nicht sprechen möchte. Mir wurde zwar gesagt, ich dürfe dieses Amt gestalten, wie ich es wünsche, aber das ändert nicht viel, denn auf jeden Fall soll ich ja über Bücher sprechen und über das Schreiben und über mein Verhältnis zu Büchern und zum Schreiben; und das empfinde ich als geradezu exhibitionistisch. Seit jeher hat mich die Frage nach meinem Lieblingsbuch, die einem übrigens erstaunlich oft gestellt wird, meistens von Journalisten, in Verlegenheit gestürzt, weil ich erstens kein Lieblingsbuch habe, sondern in bestimmten Lebensaltern bestimmte Autoren mehr geliebt habe als andere und weil ich an Tschechow etwas anderes bewundere als an Kafka, und an Uwe Johnson etwas anderes als an Natalia Ginzburg oder Philip Roth.

Weil ich zweitens so viele Bücher, die ich hätte lesen müssen, nicht gelesen habe und darum nicht weiß, ob nicht eines dieser ungelesenen Bücher mein eigentliches Lieblingsbuch ist.

Und drittens erschreckt mich der Gedanke, was ich alles über mich verraten würde, wenn ich mein Lieblingsbuch, das ich aber nicht habe, preisgäbe.

Eine andere Frage, die mir seltener von Journalisten als von Lesern oder Zuhörern gestellt wird, sich aber ebenso gegen eine Antwort sperrt, ist die nach dem Grund, nach dem Warum; warum schreiben Sie?

Ich vermute, daß diese Frage so beliebt ist, weil viele Menschen hin und wieder das Bedürfnis verspüren, selbst ein Buch zu schreiben, daß sie in sich eine Geschichte bewahren, die sie für mitteilenswert halten, aber nicht die Kraft oder den Mut finden, mit dem Schreiben anzufangen, und nun wissen wollen, worin sich jemand, der es wirklich getan hat, von ihnen unterscheidet. Ich weiß auf diese Frage natürlich keine Antwort. Die Antwort wäre die Frage. Der eine tut es, und der andere tut es nicht.

Vielleicht ist es eine frühe Erfahrung, daß etwas, über das man nicht sprechen will oder kann, sich einem Stück Papier anvertrauen läßt und daß Konfusion, in Sprache gefaßt, Gestalt annimmt; daß also etwas, das als Zuviel, als störender Überschuß an der eigenen Person empfunden wird, sich plötzlich als sinnstiftende Möglichkeit offenbart. Und wenn eine solche Erfahrung mit dem Lesen einhergeht und eines Tages der Blick auf das eigene Leben darin nach einer Form sucht, nach einer erzählbaren Form, kann der Wunsch entstehen, den unzähligen Büchern ein eigenes hinzuzufügen.

Warum ist es mir eigentlich zu intim, von meinen poetischen Vorstellungen, vom Gelingen und Mißlingen des Schreibens zu erzählen? Und warum habe ich solche Gefühle nicht, wenn ich in einem Roman erzähle, wie ein Mann und eine Frau miteinander im Bett liegen, zumal jeder annehmen wird, daß ich dergleichen nicht aus der Beobachtung, sondern aus eigener Erfahrung beschreibe?

Wenn ich über das Schreiben spreche, muß ich über mich sprechen; ich weiß nicht, wie und warum andere schreiben. Wenn ich einen Roman schreibe, spreche ich nicht über mich, auch nicht, wenn es so scheint. Die Versuchung, in dem erzählenden Ich eines Romans den Autor zu suchen oder gar zu erkennen, ist offenbar so groß, daß sogar die, die es besser wissen, davon nicht absehen können. Aber dieses Ich ist eine andere Person und nicht ich. Ich bin ihr verfügbares Material.

Heute ist der 10. Februar 2004, also fast ein Jahr, bevor ich das, was ich jetzt schreibe, vortragen werde. Vor fünf Tagen habe ich beschlossen, das Buch, an dem ich gerade arbeite, von vorne zu beginnen. Auf der

Seite 37 konnte ich den Verdacht, ich hätte schon in der Konstruktion, in der Schreibvoraussetzung, einen grundsätzlichen, nicht korrigierbaren Fehler gemacht, nicht mehr abweisen. Im letzten Satz auf der Seite 37 fragt Karoline Johanna: Warum machst du diesen Schwachsinn hier?

Ich schreibe sehr langsam, und 37 Seiten einfach zu verwerfen ist für mich eine harte Entscheidung. Wenn ich aber versuche, die Verpflichtung, in einem Jahr über das Schreiben zu sprechen, mit der ohnehin notwendigen Krisenbewältigung zu verbinden, entgehe ich einerseits der Peinlichkeit, über mich sprechen zu müssen, weil das Ich, von dem ich erzählen werde, ja nicht ich bin; andererseits habe ich, wenn es gelingt, am Ende nicht nur einen Text über das Schreiben verfaßt, sondern auch meine Schreibkrise überwunden.

Als ich meinen Roman ›Endmoränen‹ beendet hatte, fragte ich mich, was mich nun eigentlich am meisten interessiert. So beginne ich fast immer, nur ›Pawels Briefe‹, ein Buch, von dem ich lange vorher wußte, daß ich es würde schreiben müssen, brauchte diese Frage nicht. Nach längerem Überlegen fand ich heraus, daß mich nichts mehr interessierte als der Fortgang der Geschichte. Johanna, die Expertin für germanistische Gebrauchstexte, Biografien, Vor- und Nachworte, hat den Herbst in ihrem Sommerhaus damit verbracht, die ruinösen Reste ihrer früher als sinnvoll empfundenen Lebenskonstruktion zu sortieren und einen ratlosen Blick in die vor ihr liegende öde Restzeit zu werfen. Die Fragen, die sie sich stellt, sind einfach: Was ist eigentlich los? Wie ist es so gekommen? Was soll nun werden?

Statt einer rettenden Antwort findet sie auf dem Heimweg einen ausgesetzten zottigen Hund, festgebunden an einer Autobahnraststätte, und nimmt ihn mit. Damit endet das Buch.

Je länger ich darüber nachdachte, womit ich mich in den folgenden zwei oder drei Jahren beschäftigen wollte, um so sicherer schien mir, daß ich dringlicher als alles andere wissen wollte, was Johanna, nachdem sie aus den Endmoränen in die Stadt zurückgekehrt ist, tut; ob sie, obwohl sie darin weder Sinn erkennt noch Freude findet, weiter Biografien und Nachworte schreibt, oder ob sie es läßt; wie sie mit Achim, dem Kleist-Forscher, weiterlebt; ob sie Igor wiedersieht; und was der Hund in ihrem Leben bewirkt. Ich wollte nicht ein Buch schreiben, weil ich eine mitteilenswerte Geschichte kannte, sondern weil ich herausfinden wollte, wie die Geschichte, die ich in die Welt gesetzt hatte, weitergeht.

Auf keinen Fall aber dürfte ich, wie in ›Endmoränen‹, in der ersten Person schreiben, das fühlte ich genau, weil ich die Wahrnehmungen und Reflexionen nicht allein der deprimierten und ratlosen Johanna überlassen wollte. Und, auch das wußte ich sicher,

Johanna mußte aus ihrer Lethargie befreit und Situationen ausgesetzt werden, die zur anderen, mystischen, gefährlichen Seite des Lebens gehören. Ich stellte mir vor, daß sie nun, weil sie einen Hund hat, nächtliche Spaziergänge unternimmt, die sie ohne den Schutz des Hundes nicht gewagt hätte, und daß sie dabei andere Menschen kennenlernt und andere Geschichten hört als am Tag.

Viel mehr wußte ich noch nicht, als ich zu schreiben begann.

Und so fing meine Fortsetzung der ›Endmoränen‹ zunächst an:

Bredow

Johanna Märtin hatte nun einen Hund. Auf dem Heimweg von Basekow nach Berlin, als sie die Fahrt verlangsamt hatte, weil ihr die Zeit für den Wechsel aus der ländlichen Einsamkeit in die vertraute Gemeinschaft mit Achim, ihrem Mann, und überhaupt zurück in die tägliche Abfolge von Selbstverständlichkeiten, die hinzunehmen sie in den letzten Monaten fast verlernt hatte, zu kurz vorkam, als sie, um diesen Wechsel auszudehnen und auch, weil es stark regnete, die Nadel des Tachometers bis auf achtzig hatte sinken lassen, hatte sie an dem kleinen Parkplatz einer Autobahnausfahrt etwas Schwarzes, das sich bewegte, gesehen. Und nun hatte sie einen Hund.

Was ist das, hatte Achim gefragt, als seine Frau, schwere Taschen in beiden Händen und den Strick, mit dem man den Hund an einem Abfalleimer festgebunden hatte, über den Unterarm gestreift, vor der Tür stand; was ist das?

Ein Hund, hatte Johanna geantwortet, Riesenschnauzer und nochwas, und war, als gäbe es dazu nicht mehr zu sagen, an Achim vorbei in die Küche gegangen. In ihrem Rücken klapperten die Krallen des Hundes leise auf dem Parkett. Dann hatte sie ihm den Strick vom Hals geknotet, eine Schüssel mit Wasser neben die Tür gestellt, sich auf einen Stuhl gesetzt und dem Hund beim Trinken zugesehen.

Irgendwer hatte ihn festgebunden, ich konnte ihn doch nicht stehenlassen, sagte sie.

Achim stand in der Tür, sah abwechselnd auf den Hund und auf Johanna. Und was soll mit ihm werden, fragte er.

Der Hund leckte die letzten Tropfen aus der Schüssel und schob sie dabei bis an die Türschwelle. Achim trat einen Schritt zurück. Johanna lachte, du hast ja Angst, sagte sie und füllte noch einmal Wasser in die Schüssel.

Der Hund löffelte sich mit der Zunge geräuschvoll das Wasser in die Schnauze, setzte sich, als er endlich genug getrunken hatte, dicht neben Johannas Bein und sah Achim an, als ahnte er, daß sein Schicksal von dieser, an Größe ihn und Johanna überragenden Gestalt abhing.

Achim fühlte sich bedrängt von den beiden auf ihn gerichteten Augenpaaren, zumal er im Blick seiner Frau etwas Herausforderndes, wenn nicht Triumphierendes wahrzunehmen glaubte. Einige Monate später wird er denken, daß in diesem

Augenblick der Fortgang der Ereignisse enthalten war wie das genetische Programm in einer Keimzelle. Jedenfalls wird er das so zu Johanna sagen, und sie wird ihm darauf nicht antworten.

Was soll nun mit ihm werden, fragte Achim noch einmal.

Johanna streichelte dem Hund die Stirn, verfolgte die Bewegung ihrer Hand auf dem schwarzen Fell und sagte, ohne aufzusehen: Ich glaube, er bleibt. Das klang nicht entschieden, eher vorsichtig, als wollte sie die Kraft und Festigkeit ihres Satzes prüfen. Sie hatte bis dahin selbst nicht gewußt, was sie auf diese unvermeidliche Frage antworten würde, und hätte Achim ein bißchen weniger fordernd gefragt, hätte am Ende seines Satzes wirklich ein Fragezeichen gestanden, wäre sie seinen Bedenken vielleicht zugänglich gewesen.

So ging das noch zwei Seiten weiter, und dann war Schluß.

Das war der Anfang einer quälenden Dreiecksgeschichte zwischen Mann, Frau und Hund, die ich auf keinen Fall schreiben wollte. Eine Szene wie diese dürfte in dem Buch vorkommen, auf der Seite 30 oder 60, aber so durfte es nicht anfangen. Das Buch, das ich schreiben wollte, war zwar die Fortsetzung eines anderen, aber doch ein eigenes Buch, das einen eigenen Anfang brauchte, einen eigenen Ton und sein eigenes Thema.

Ich habe mich schon einmal von den Figuren eines Romans nicht trennen können. Fast das gesamte Personal der ›Überläuferin‹ habe ich in die ›Stille Zeile sechs‹ mitgenommen. Es sind trotzdem zwei extrem unterschiedliche Bücher geworden: in dem einen, ›Die Überläuferin‹, versucht Rosalind Polkowski, ihre physische Unfreiheit durch reine Imagination als die wahre Freiheit zu erleben. Ihre Beine sind gelähmt, was aber selbst schon ein Akt der Imagination ist. Rosalind will nicht, und darum kann sie nicht gehen. Ihr Leben spielt sich fortan im Kopf ab und sonst nirgends. Rückblickend glaube ich, daß ich kein Buch mit größerem Vergnügen geschrieben habe als dieses, wenn der Ausflug in die Welt des Surrealen auch mit dem Satz endet: »Naß werden, vom Regen naß werden, ja, das wäre schön.«

In ›Stille Zeile sechs‹ steht Rosalind Polkowski wieder auf ihren Beinen. Auf ihre phantastischen Erfahrungen als Überläuferin nimmt das Buch keinen Bezug mehr, wenn auch ihre Maxime: *Ich will nicht mehr für Geld denken* als Ergebnis dieses Experiments angenommen werden darf. Jedes der beiden Bücher hatte in mir einen eigenen Grund, eine eigene Frage. Im ersten wollte ich behaupten, daß geistige Freiheit nicht abhängt von ihren äußeren Bedingungen, was mir nicht gelungen ist. Nachdem ich meinem Buch in der Erkenntnis gefolgt war, daß die Freiheit eines Krüppels zwar auch Freiheit, aber eben die eines Krüppels, also eingeschränkte Freiheit ist, formulierte sich in mir allmählich die Frage: Warum bin ich dann noch hier? Hier war die DDR. Die Antwort darauf suchte ich in ›Stille Zeile sechs‹. Etwa auf der Seite 50 ahnte ich die Antwort: weil auch ich, wie Rosalind Polkowski, meinen Feind nicht loslassen konnte. Ich wollte nicht verloren haben, obwohl ich, jedenfalls damals, längst verloren hatte.

Diesmal, im Falle der ›Endmoränen‹ und einer möglichen Fortsetzung verhielt es sich ähnlich, wenn auch umgekehrt. Auch am Anfang dieses Buches stand eine These, sie hieß: Unsere ideellen Lebensentwürfe enden lange, bevor wir sterben. Diese Behauptung beruhte nicht, wie die Freiheitsbehauptung in der ›Überläuferin‹, auf einem Wunsch, sondern auf Wahrnehmung und wurde darum von dem Buch auch nicht widerlegt. Aber beide Bücher enden mit dem entschiedenen Wunsch ihrer Protagonistinnen nach Veränderung der eigenen Lage. Vom Regen naß werden, ja, das wäre schön, sagt Rosalind Polkowski. Und Johanna, während sie ihren aufgelesenen Hund aus dem Auto zerrt, denkt: ein wunderlicher Anfang.

Der Hund ist die einzige Antwort, die sie am Ende des Buches auf ihre dritte Frage: Was soll nun werden? gefunden hat.

Was aber macht ein Autor mit einer Figur, die er so sehnsüchtig zurückläßt? Rosalind Polkowski hat sich geirrt. Die Imagination allein hat ihr die Freiheit nicht beschert. Sie will aufstehen, aber was dann? Was wird sie tun, wenn sie aufgestanden ist? – Sie kündigt in der Barabasschen Forschungsstelle, ernährt sich von Schreibarbeiten, geht ins Café an der Ecke, trifft dort Herbert Beerenbaum, und dessen Adresse ist ›Stille Zeile sechs‹.

Und Johanna? Sie weiß jetzt, was los ist; sie weiß auch, wie es so gekommen ist. Sie wagt das Wort Anfang, aber Anfang wovon? Und *wie* fängt sie an? Wie fange ich an, zum zweiten Mal?

Keine Dreiecksgeschichte mit Hund, weniger kleinlich, weniger schmal, irgendwie breiter, irgendwie größer, vielleicht so:

Zwei Ereignisse hatten das Leben von Johanna Märtin innerhalb weniger Wochen von Grund auf verändert. Das erste Ereignis war immaterieller Natur und vollzog sich in ihrem Kopf. Es war auch kein Ereignis, das an einem Mittwoch oder Freitag oder Montag geschieht wie ein Unfall oder eine glückliche Begegnung, sondern etwas, das sehr langsam, fast unmerklich heranwächst, bis es eines Tages zu einem wahrnehmbaren, nicht mehr zu leugnenden Ereignis gediehen ist. Anfangs hatte Johanna nur eine allgemeine Müdigkeit verspürt, die einsetzte, sobald der Tag ihr die üblichen Pflichten abverlangte, die Arbeit am Schreibtisch, Einkaufen, Kochen, und die Johanna zunächst ihrem nicht mehr jugendlichen Alter zuschrieb. Allmählich weitete sich der Zustand zur Unlust aus, die sogar ihre Freunde einschloß. Allein die Aussicht, ein konzentriertes und heftiges Gespräch führen zu müssen, ließ einen einzigen Wunsch in ihr übermächtig anschwellen, den Wunsch zu schlafen. Als Johanna zu verstehen begann, daß mehr passiert sein mußte als der unausweichliche Fortgang der Natur, fehlte nur noch die Bezeichnung, um aus dem, was geschehen war, ein Ereignis zu machen. Das Wort, das Johannas Zustand am nächsten kam, hieß Auflösung. Es kam ihr vor, als hätten sich die Verbindungen ihrer Lebenskonstruktion einfach aufgelöst wie verrostetes Eisen, so daß die einzelnen Stationen ihre Signale nun so emsig wie nutzlos sendeten und vergebens auf die Antworten der anderen Stationen warteten. Die Taten waren von ihren Gründen getrennt, die Wünsche von ihren Zielen, das Wissen speiste das Denken nicht mehr. Je weniger sich fügte, um so stürmischer meldeten die isolierten Teile ihre Bedürftigkeit. Johanna, wenn sie versuchte, sich ein Bild von ihrem Zustand zu machen, stellte sich eine komplizierte Relaisstation mit gekappten Drähten vor oder ihr Gehirn mit feinen Einschnitten zwischen den Zentren oder kleine, vom Festland gerissene Inseln, die hüpfend auf dem Meer trieben. Sie wußte nicht mehr, was und warum sie etwas tun oder wünschen sollte; ihr war die Vorstellung von Glück abhanden gekommen, und nun schien es, als hätte nur sie, ihre Vorstellung von Glück, alles, was ihr Leben bisher ausgemacht hatte, mit Sinn erfüllt. Vielleicht war es auch umgekehrt und sie konnte sich Glück nicht mehr vorstellen, weil sie den Sinn ihrer Anstrengungen nicht mehr erkennen konnte, weil es endgültig erwiesen war, daß die Welt durch die Bemühungen einer Johanna Märtin weder besser noch schlechter wurde, weil sie nicht einmal mehr für das Glück ihres eigenen Kindes zuständig war. Sinn und Glück waren für Johanna so eng miteinander verwoben, daß sie nicht klären konnte, was von beidem ihr zuerst abhanden gekommen war. Sie war jetzt dreiundfünfzig Jahre alt und seit siebenundzwanzig Jahren verheiratet. Ein Leben ohne Achim hatte sie sich nie vorstellen können, leben hieß: mit Achim leben. Seit einigen Wochen erst, seit sie sich ihr Leben nur noch als eine verschlissene, brüchige Konstruktion denken konnte, fand sie auf die Frage nach dem Sinn ihres Zusammenlebens keine sichere Antwort mehr. Wenn sie an Achim dachte, sah sie seinen ihr und der Welt zugekehrten Rücken vor dem Schreibtisch, den scharfen Lichtkegel der Arbeitslampe auf einem Buch, das ausgeblendete Zimmer, nur für Minuten erleuchtet, wenn Achim etwas suchte oder nachschlagen wollte. Seit einigen Wochen beunruhigte sie die Möglichkeit, es könnte für Achim ganz unwichtig sein, wer in seinem Rücken mit dem Geschirr klapperte, das Fleisch anbriet, das Telefon abnahm und dem Briefträger öffnete. Es hätte ihr die Gewißheit genügt, daß es ihm nicht unwichtig war, daß es sogar das Wichtigste für ihn war, sie, Johanna, in seinem Rücken zu wissen, was sie zu der Frage führte, wie wichtig es eigentlich für sie war, daß Achim an diesem Schreibtisch saß und nicht ein beliebiger anderer Mann, der sein Leben mit Büchern verbrachte; oder niemand.

In diese Situation, in der jeder Gedanke, dem Johanna sich überließ, sie wie ein Strudel in die Tiefe zog, fiel das zweite

Ereignis in Gestalt eines tropfnassen, zottigen, schwarzen Hundes, den jemand an einem Parkplatz in der Nähe der Autobahnausfahrt Bredow an einen Abfalleimer gebunden hatte.

Es folgt die stark gekürzte und schon bekannte Dreiecksgeschichte. Inzwischen wußte ich von Johanna, daß sie künftig auf keinen Fall Biografien oder andere literarische Begleittexte schreiben will und daß sie an einem Nachmittag in die Stadt fahren wird, um Igor zu treffen.

Ich scheiterte auf der Seite neun, diesmal am Ton, an der Stimme, am erzählenden Nicht-Ich.

Ich müsse jetzt erklären, sage ich vorhin beim Frühstück zu C., warum ich mit dem Ich und dem Nicht-Ich, egal ob personal oder auktorial, dieses scheinbar unüberwindliche Problem habe.

C. sagt, dieses Problem sei nun wirklich totgeredet, und ich sage, das ändere nichts daran, daß ich es habe.

Also: Wenn Johanna ein Sie und nicht ein Ich ist, stellt sich die Frage: wer erzählt? Wessen Stimme ist zu hören? Meine? Bin ich, Monika Maron, dann das erzählende Ich? Weiß ich, was Johanna denkt, fühlt, woran sie sich erinnert, und was sie vergißt? Und warum sollte Johanna, wenn ich aus ihrer Position erzähle und somit ihren Horizont nicht überschreite, mich überhaupt brauchen? Warum erzählt sie nicht gleich selbst? Wenn ein anderes Ich als Johanna erzählen soll, brauchte ich jemanden, der über sie mehr wissen kann als ich, einen Dritten, der nicht Johanna und auch nicht ich ist, einen Erzähler in meinem Auftrag. Ich selbst fühle mich nicht legitimiert.

Offenbar teile ich das Problem mit anderen. Warum sonst hätte Philip Roth in ›Der menschliche Makel‹ den Schriftsteller Nathan Zuckerman als Vermittler gebraucht? Weil nicht Philip Roth, sondern Nathan Zuckerman der Freund von Coleman Silk war, weil Zuckerman die ganze verrückte Geschichte von Silk selbst gehört hatte und darum wußte, was Philip Roth überhaupt nicht wissen konnte. Und natürlich hätte er es nicht dem manisch in das ihm widerfahrene Unrecht verbissenen Coleman Silk überlassen dürfen, die Geschichte zu erzählen. Es mußte jemand sein, der sich für die sternförmig aufeinander zulaufenden Schicksalsfäden aller Beteiligten interessiert, jemand, der die Ereignisse überschaut, ohne wirklich in sie verstrickt zu sein. Später, wenn wir uns an Mr. Zuckerman als den in die abgründigsten Geheimnisse seines Freundes Coleman Silk eingeweihten Berichterstatter und darüber hinaus als neugierigen Rechercheur gewöhnt haben, fragen wir uns auch nicht mehr, woher er eigentlich weiß, was Professor Delphine Roux denkt, wenn sie eine Kontaktanzeige in eigener Sache entwirft, und warum sie die entsprechende E-Mail dann nicht an die Anzeigenabteilung der New York

Review of Books absendet, sondern an alle Mitglieder ihres Fachbereichs am Athena College. Wir gehen davon aus, daß es ihm irgend jemand, vielleicht sogar Delphine Roux selbst, erzählt hat, so wie ihm alle anderen Geschichten auch erzählt wurden. Ein Ich, das nicht im Verdacht steht, der Autor zu sein, hat Anspruch auf ein Eigenleben und muß nicht alle Quellen offenlegen.

Ich weiß nicht, ob es Philip Roth wirklich um die Legitimation seines erzählenden Ichs ging, als er sich Nathan Zuckerman zum Erzähler berief. Aber warum sonst hätte er ihn bemühen müssen?

Zurück zu meiner kleinen Geschichte, in der es nicht um das unerhörte Schicksal eines Coleman Silk, um ein Sittenbild der Vereinigten Staaten von Amerika am Ende des 20. Jahrhunderts geht, sondern um Johannas einfache Frage: was soll nun werden, als ihre Ideen für das eigene Leben aufgebraucht scheinen. Nachdem ich zum zweiten Mal gescheitert war, diesmal auf der Seite neun, beschloß ich, mich dem Legitimationsproblem zu entziehen, indem ich Johanna das Recht zugestand, für sich selbst zu sprechen.

Wir, das heißt Johanna und ich, haben dieses Problem nicht zum ersten Mal. Auch die ›Endmoränen‹ hatten einen mißglückten Vorläufer in Form eines Briefromans. Die anachronistische Idee, einen Briefroman zu schreiben, entstammte dem Aufeinandertreffen meiner Lektüre von Natalia Ginzburgs ›Das Haus und die Stadt‹ und meiner Arbeit an ›Pawels Briefe‹. Kein Buch, glaube ich, hat mich so angestrengt wie ›Pawels Briefe‹. Der genaue Umgang mit dem authentischen Material, der Verzicht auf Erfindung und die Nüchternheit der Sprache, zu denen ich mich beim Schreiben meiner Familiengeschichte verpflichtet gefühlt habe, hinterließen den dringenden Wunsch nach dem Gegenteil: nicht authentisch, viele Stimmen, Freiheit!

›Das Haus und die Stadt‹ erschien als wundervolle Verlockung. Es ging ganz leicht, verdächtig leicht, bis Seite siebzehn oder achtzehn. Da hörte es plötzlich auf. Damals fand ich den Fehler schnell, jedenfalls schneller als diesmal. Während Natalia Ginzburg in ihrem Buch eine handfeste Geschichte zu erzählen hat, die von verschiedenen Personen aus verschiedenen Orten in ihrem Fortgang berichtet wird, bestand, was ich zu erzählen hatte, aus Einzelteilen und Atmosphärischem, das nicht durch die Geschichte selbst zusammengehalten wurde, sondern etwas anderes brauchte, die Stimme, die Person. Außerdem erschien es mir fast unmöglich, fünfunddreißig Jahre nach dem Erscheinen von ›Das Haus und die Stadt‹ noch glaubhaft zu behaupten, sechs oder sieben Personen schrieben einander regelmäßig Briefe, statt zu telefonieren oder E-Mails zu senden. Der Briefroman ist rudimentär als Korrespondenz zwischen Johanna und

Christian P. in die ›Endmoränen‹ eingegangen, als organischer Teil des Buches, weniger als formale Behauptung. Die Briefe erwiesen sich als glückliche Möglichkeit, Vergangenes zu vergegenwärtigen und zu reflektieren, auch als ein Vehikel, das Johannas Sehnsucht phantomhaft aufscheinen läßt. Vor allem aber bescherten sie dem Buch ein zweites Ich, das ebenso legitim spricht und widerspricht wie Johanna.

Aber, und hier liegt eine Crux der Fortsetzung, diese Mittel sind verbraucht. Den Briefwechsel mit Christian hat Johanna aus einsehbaren Gründen beendet und die damit verbundene Hoffnung, an die sie ohnehin nicht geglaubt hat, aufgegeben. Sie hat nun einen Hund, will keine Biografien mehr schreiben und fährt an einem Nachmittag in die Stadt, um Igor zu treffen:

Schon von der anderen Straßenseite erkannte ich Igor, der mit zwei Männern vor einem Bild stand und offenbar Auskunft gab oder verhandelte. Er wippte leicht auf den Fersen, steckte die linke Hand immer wieder in die Hosentasche, um sie im nächsten Augenblick wieder herauszuziehen und damit von meiner Position her unverständliche Zeichen in die Luft zu malen oder sich über den kahlgeschorenen Schädel zu streichen. Ich stand im Halbdunkel neben dem erleuchteten Fenster einer Weinhandlung. Schon als ich aufgebrochen war, hatte ich geahnt, daß ich am Ende hier stehen würde, obwohl ich nicht hergekommen war, um Igor zu treffen. Ich hatte ihn nicht mehr gesehen, seit er in Basekow plötzlich vor meiner Tür gestanden hatte. Zweimal hatte er mir seitdem einen Gruß auf den Anrufbeantworter gesprochen und seine Telefonnummer hinterlassen, aber ich hatte nicht zurückgerufen, obwohl ich oft an ihn dachte, an ihn und diesen Satz, der mir richtig vorkam. Man müsse im eigenen Leben nur dafür sorgen, daß es zu jeder Zeit Anfänge gibt, glückliche Anfänge, hatte dieser arrogante Russe gesagt, als er in Basekow im Sessel vor dem Fenster saß und schon beschlossen hatte, in meinem Haus zu übernachten. Ich zog den Zettel mit seiner Telefonnummer aus der Tasche, suchte nach meiner Brille, fand sie endlich und wählte Igors Nummer. Ich sah, wie er den Kopf nach dem Telefon wandte, die Männer vor dem Bild mit einer höflichen Geste um Geduld bat, zu dem kleinen Tisch in der hinteren Ecke der Galerie ging und den Hörer abnahm. Ich nannte meinen Namen, während ich über die zwei Reihen parkender Autos hinweg Igor fest im Blick hielt, weil es jetzt darauf ankam, weil die nächste Sekunde entscheiden würde, ob ich meinen Besuch ankündigen würde oder nicht. Hier ist Johanna Märtin, sagte ich. Er wiederholte meinen Vornamen, überrascht, vielleicht sogar erfreut, legte den Kopf leicht in den Nacken und wandte den Männern vor dem Bild und damit auch mir den Rücken zu. Ob er zurückrufen dürfe, in zehn, fünfzehn Minuten, fragte er. Ich sei in der Nähe, sagte ich, und würde mir gern seine Galerie ansehen.

Ich lief noch eine Weile durch das Viertel, rauchte an der Monbijou-Brücke eine Zigarette, rief Achim an und sagte, daß ich wohl doch später kommen würde und er dem Hund zu fressen geben müsse. Nach einer halben Stunde betrat ich die Galerie. Ich hatte Igor bisher nur auf dem Land getroffen, bei Karoline oder in meinem eigenen Haus. Ich hatte ihn anders in Erinnerung, hätte aber nicht sagen können, wie, nur anders, größer vielleicht und schärfer in den Konturen. Er kam mit drei Schritten auf mich zu, küßte mir die Hand, nahm mir den Mantel ab und bot mir einen Stuhl an. Kommen Sie wegen der Kunst oder meinetwegen, fragte er.

Was wäre Ihnen lieber?

Er warf einen nur für mich bestimmten mißfälligen Blick auf die Bilder, schrille, blutige Variationen zu Chagall, und sagte, in diesem Fall vielleicht doch lieber seinetwegen.

Sie sind ein Verräter, sagte ich.

Ich bin Geschäftsmann, sagte Igor. Ich verantworte weder den Geschmack der Künstler noch den der Käufer. Nehmen Sie einen Tee? Der Samowar stammt aus dem Nachlaß von Tschechow, jedenfalls hat der Verkäufer das behauptet.

Er beobachtete, wie ich mir die Hände an der ziselierten Silberhalterung des Teeglases wärmte. Sie passen gut in meinen Laden, sagte er, Sie sehen ganz russisch aus, so mit dem Teeglas in den Händen und dem versonnenen Blick.

Ich war verlegen, sah durch die gläserne Front auf die Straße, wo die Passanten vorüberglitten wie hungrige, bunte Fische in einem Aquarium. Igor war wenigstens sieben, vielleicht sogar zehn Jahre jünger als ich, trotzdem hatte ich in seiner Gegenwart immer das Gefühl, er sei erwachsen und ich nicht.

Was macht Ihre Stiftung, fragte ich, wie geht es der Fürstin?

Natalia Timofejewna? Igor lachte. Sie hat uns alle verlassen, die Erbschleicherbande und mich auch. Eines Tages hat sie wohl im Rundfunk eine Sendung über Leonora Carrington gehört und dabei erfahren, daß sie noch lebt, und zwar in Mexiko. Natalia Timofejewna vergaß von einer Minute zur anderen, daß sie beschlossen hatte, eine russische Patriotin zu sein, erinnerte sich statt dessen an ihre wilde Jugend in Paris und erobert nun Mexiko. In bewundernswerter Heimlichkeit hat sie sich einfach aus dem Staub gemacht. Vor zwei Wochen bekam ich einen Brief aus Mexico City.

Er zog den Brief aus der Innentasche seiner Jacke und reichte ihn mir.

Mein lieber Freund,

das Couvert wird Ihnen schon verraten haben, wohin das Leben mich unerwartet getrieben hat. Nein, halten Sie mich nicht für treulos, und noch weniger dürfen Sie sich von mir verraten fühlen, auch wenn meine konspirative Abreise gewiß solche Gedanken in Ihnen geweckt hat. Aber ich konnte meine geringe Kraft nicht für Abschiede verschwenden, sie genügte gerade für den Aufbruch. An mich erging, gewissermaßen aus dem Äther, ein Ruf, dem ich folgen mußte. Eine Gefährtin meiner glücklichen Jugendjahre, die ich längst unter den Toten wähnte, Leonora Carrington, ich habe Ihnen von ihr erzählt, lebt, und zwar hier in Mexico City. Das hörte ich vor einigen Wochen im Radio, wo man auch berichtete, in welch bescheidenen Verhältnissen sie nun ihre letzten Jahre verbringt. Mein Herz sagte mir, daß diese Botschaft für mich bestimmt war, nur für mich. Und so fühlte ich mich frei von allen anderen Verpflichtungen, die ich eingegangen war. Noch habe ich Leonora nicht getroffen. Offenbar ist sie zur Zeit nicht in der Stadt, aber ich bin auf ihrer Spur. Ich habe mich in einer sehr hübschen kleinen Pension in der Colonia Roma eingemietet. Ich werde Sie über alles Weitere unterrichten und verbleibe als Ihre aufrichtige Freundin Natalia Timofejewna

Die energische, raumgreifende Schrift, der die sepiabraune Tinte zudem einen Hauch von Extravaganz verlieh, paßte nicht zu dem Bild, das ich mir von Igors fürstlicher Freundin gemacht hatte. Für mich saß sie, eine Decke über den mageren Beinen, in einem erdfarbenen Sessel, umgeben von allerlei Zierat, russischen Lackmalereien und afrikanischen Holzplastiken, nippte an ihrem Tee, zu besonderen Gelegenheiten an einem Likör, wehrlos den Aasgeiern ausgeliefert, die sie hofierten. Und eigentlich war ich nie sicher gewesen, ob Igor sie nicht überhaupt erfunden hatte, diese russische Fürstin, die es an die Seite eines ungehobelten kommunistischen Funktionärs verschlagen hatte und die nun, über Nacht, zur Herrin eines geheimnisvollen Vermögens geworden war. Andererseits war ich nur hergekommen, weil ich gehofft hatte, er würde mich noch einmal bitten, ihn bei der Verteidigung des Schatzes gegen die kommunistische Erbschleicherbande zu unterstützen und das Geld für sein patriotisches Werk, die Stiftung für vergessene russische Künstler, zu retten.

Sie hat eine schöne Schrift, sagte ich, so kräftig, wenn man bedenkt, wie alt sie ist. Igor nahm mir den Brief wieder aus der Hand, legte ihn vor sich auf den Tisch, sah ihn lange an, als lese er noch einmal Wort für Wort, und sagte, es sei schade, daß ich Natalia Timofejewna nun nicht mehr kennenlernen würde.

Schade, ja. Und Ihre Stiftung?

Er zuckte mit den Achseln. Perdú. Wahrscheinlich haben von hundert vergessenen Künstlern achtundneunzig verdient, vergessen zu werden. Und wer weiß, ob wir die beiden Ausnahmen wirklich gefunden hätten. Dieser Chagallist hier wird auch vergessen werden. Hat er darum eine Stiftung verdient?

Er lehnte sich zurück, streckte die Beine weit von sich, verschränkte die Arme hinter dem Kopf, aber wer weiß, sagte er, vielleicht hätten wir sie ja doch gefunden, die zwei, oder wenigstens einen.

Soweit die erste halbe Stunde des Wiedersehens zwischen Johanna und Igor, in der sich die zweite Crux einer direkten Fortsetzung andeutet. Ich muß so erzählen, daß jemand, der die ›Endmoränen‹ nicht gelesen hat, versteht, worum es eigentlich geht; und gleichzeitig darf ein anderer, der die ›Endmoränen‹ gelesen hat, nicht den Eindruck haben, er lese ein ihm schon bekanntes Buch noch einmal. Ich beschränke mich also auf Andeutungen, Halbzitate, belebe noch einmal die ironische, provozierende Atmosphäre zwischen Johanna und Igor und habe dabei ständig das Gefühl, einen schalen Aufguß des Echten zu bereiten. Mein Gefühl bessert sich, wenn der Hund ins Spiel kommt, der in den ›Endmoränen‹ ja erst am Ende gefunden wird; oder wenn die Geschichte der Natalia Timofejewna eine neue Wendung nimmt.

Mit beidem, dem Hund und Natalia Timofejewnas Expedition nach Mexiko, treffe ich die entscheidenden Festlegungen für das weitere Geschehen. Natalia wird regelmäßig über ihre Suche nach Leonora Carrington berichten. Johanna wird die Briefe lesen, sie wird zu Natalia Kontakt aufnehmen usw. Und der Hund, der Johanna folgt wie ihr Schatten, hat seine eigene Wirkung.

Zu diesem und anderem mehr beim nächsten Mal.

Von Schriftstellern, Hunden und Mythenbewahrern

Zunächst weiter im Text:

Igors Galerie war eine von zahllosen Kunsthandlungen, die sich während der letzten Jahre in dieser Gegend angesiedelt hatten, Galerien für moderne Malerei, alte Fotografie, Kunst aus Asien, Afrika oder eben Osteuropa, manche hatten schon wieder geschlossen, andere kamen hinzu. Nur die Dependancen großer Galerien in New York oder London verkrafteten die dauerhafte Geldnot der Stadt und ihrer Bewohner mühelos. Wahrscheinlich hätte Igor das Geld seiner russischen Freundin nötiger gebraucht, als er zugab.

Er goß noch einmal Tee nach, und ich sagte, ich hätte jetzt einen Hund.

Einen Hund? Warum einen Hund?

Ich habe ihn gefunden. Einen Tag, nachdem Sie mich in Basekow besucht haben. Ich sagte, mir sei sein Satz über Anfänge eingefallen, und in gewisser Weise sei schließlich auch der Hund ein Anfang.

Ein Hund, sagte Igor noch einmal und schüttelte den Kopf. Was haben Sie gegen Hunde, fragte ich, und Igor sagte, er hätte nichts gegen Hunde, nicht das geringste, nur hielte er einen Hund in meiner Lebenslage, wenn überhaupt für einen Anfang, dann für den Anfang vom Ende. Ich habe Ihnen mehr zugetraut, sagte er, mehr zugetraut und mehr gegönnt.

Seine Stimme balancierte auf einem Grat zwischen Fürsorge und Ironie und hielt ihm den Ausweg in den Scherz offen. Eigentlich hätte ich wütend, wenigstens gekränkt sein müssen, fand aber nicht die Energie, mich zu empören, und fragte nur, was das Mehr, das er mir zugetraut und auch gegönnt hätte, denn sei; und ob er glaube, ich hätte mein ganzes Leben samt meiner Ehe über den Haufen werfen müssen, nur weil mir für eine Nacht ein arroganter Russe ins Bett gefallen sei. Ich sprach über Igor, als sei er nicht anwesend oder als sei der Russe, über den ich sprach, nicht er, was eigentlich auch, zwar nicht der Wahrheit, aber meinem Empfinden entsprach.

Igor zündete sich eine Zigarette an, schwieg, nahm scheinbar gedankenlos Natalia Timofejewnas Brief in die Hand, legte ihn wieder auf den Tisch, entschied sich endlich für ein Lächeln und sagte: Ja. Einfach nur: ja; und wartete. Er war nicht nur arrogant, sondern auch unverschämt, aber ich konnte mich immer noch nicht aufregen. Was hätte er auch sonst antworten sollen auf meine Frage. Außerdem dachte ich ja selbst, daß ich mein Leben über den Haufen werfen sollte.

Vielleicht wäre ich gar nicht hergekommen, wenn es den Hund nicht gäbe, sagte ich, Sie müssen das nicht verstehen.

Ich dachte, daß Sie vielleicht meine Hilfe brauchen für Ihre Stiftung, oder in der Galerie. Ich sagte, daß ich selbst nicht wisse, warum ich ausgerechnet ihm, einem fast fremden Menschen, anvertraute, was ich nicht einmal Achim erzählte, aber gewissermaßen sei er an meinem Entschluß, in Zukunft weder Biografien, noch Nachworte, noch sonst irgend etwas zu schreiben, beteiligt, und da er offenbar Freude daran finde, in anderer Leute Leben einzugreifen, sei es doch möglich, daß er eine Idee für meine berufliche Zukunft habe. Ich hätte nie viel Geld verdient und erwarte diesbezüglich auch künftig nichts anderes.

Während ich sprach, sah ich Igor nicht ein einziges Mal an, sondern hakte meinen Blick fest in den kraftvollen Auf- und Abwärtsbögen der sepiabraunen Buchstaben in Natalia Timofejewnas Brief, der immer noch auf dem Tisch lag. Der geringste Triumph in Igors Augen, eine Spur von Genugtuung in seinem Lächeln hätten genügt, um mich am Weiterreden zu hindern.

Ich will etwas ganz Einfaches tun, sagte ich, etwas, das ich kann, ohne mich anzustrengen, und das mich nicht ablenkt.

Ablenkt wovon?

Das weiß ich noch nicht. Ich habe mein Leben lang Dinge getan, die ich für nützlich und sinnvoll hielt, um am Ende festzustellen, daß sie sinnlos und unnütz waren. Jetzt will ich es eben umgekehrt versuchen.

Ich suchte meine Zigaretten in der Handtasche, fand sie nicht, Igor schob mir seine Schachtel über den Tisch. Wollen Sie ein Glas Wein, fragte er.

Wir rauchten, tranken Rotwein. Ich hatte ihn erst einmal so maskenlos gesehen; in Basekow, am Morgen nach dieser Nacht.

Ich brauche eine Aufsicht für die Galerie, sagte er, zwei oder drei Tage in der Woche. Sie müßten nur da sein.

Ich fragte, ob ich den Hund mitbringen dürfe.

Für Montag hätte er schon einen Studenten bestellt, sagte Igor, aber ab Mittwoch könne ich anfangen, mit oder ohne Hund.

Ein von mir hochgeschätzter Kollege, mit dem ich kürzlich über meine Schwierigkeiten beim Schreiben sprach, sagte: Du mußt den Hund schnell wieder loswerden.

Warum den Hund, sagte ich, den brauche ich doch.

Der Kollege, der sehr höflich und gebildet ist, sah, daß er mir ungewollt zu nahe getreten war, und ich sah, daß ein Hund im Text für ihn selbst eine unzumutbare Belästigung dargestellt hätte und er sich darum nicht vorstellen konnte, was ich mit diesem Hund anfangen wollte. Ich konnte es ihm auch nicht hinreichend erklären, denn der Hund verkörpert gerade das: das Nicht-Sagbare, das Sprachlose.

Johanna sieht den Hund im Vorbeifahren an der Autobahn, hält an und nimmt ihn mit, nicht, weil sie ihn haben will, sondern weil sie ihn nicht stehen lassen kann. In Gestalt des Hundes begegnet ihr der Zufall, dessen Folgen sie zulassen kann oder zurückweisen, indem sie den Hund zwar mitnimmt, ihn aber später im Tierheim abgibt. Sie behält ihn, vielleicht nur, weil sie Achim nicht nachgeben will, vielleicht auch, weil jede Veränderung ihr willkommen ist. Jedenfalls hat sie jetzt einen Hund, und somit ist der Hund im Buch, wo ich ihn, wie ich meinem hochgeschätzten Kollegen gesagt habe, brauche. Aber warum brauche ich den Hund? Brauche ich ihn vielleicht nur, weil ich so gern über einen Hund schreiben möchte? Aber warum in diesem Buch? Nur weil ich eine Fortsetzung schreibe und ihn deshalb am Hals habe?

Als ich den Hund an die Autobahn gestellt habe, damit Johanna ihn findet, war ich davon überzeugt, daß diese Begegnung unvermutete Folgen haben wird; und weil mich interessierte, welcherart sie sein würden, habe ich mich zu der Fortsetzung überhaupt entschlossen. Und jetzt erscheint mir alles fragwürdig, was ich noch vor einigen Wochen für klar, logisch und erzählenswert gehalten habe. Wozu brauche ich den Hund?

Er ist ein absolut nutzloses Geschöpf wie die meisten Stadthunde. Sie müssen nichts bewachen, hüten, führen oder jagen. Im Gegenteil, sie wollen ausgeführt, gefüttert, gestreichelt werden, verdrecken die Wohnung und kosten Geld. Das einzige Angebot der Hunde an die Menschen ist Liebe; sie lassen sich lieben und lieben wieder. Der Hund trägt Johanna seine Liebe an, und Johannas unbeschäftigtes Herz beginnt, diese Liebe zu erwidern. Der ihrem Denken fest eingeschriebene Zusammenhang von Sinn und Glück wird von dem Hund unterlaufen. Der Hund hat keinen Sinn, er ist der Sinn. Wenn der Hund allein aber Sinn genug ist, warum braucht sie, Johanna, dann etwas Zusätzliches, um selbst ein Sinn zu sein?

Ich stelle mir vor, Johanna sitzt an ihrem Schreibtisch, auf der Erde neben ihr lagert der Hund. Johanna liest in einem unwichtigen Buch, das sie für eine unwichtige Zeitung rezensieren soll. Sie ist nervös, unkonzentriert, legt das Buch beiseite, nimmt es wieder in die Hand, wirft einen Blick auf den halbwachen Hund, der ihre Kopfbewegung registriert und in der Hoffnung, aus seiner Untätigkeit erlöst zu werden, die Ohren aufstellt und mit der Schwanzspitze ein paarmal auf den Boden klopft. Beim Anblick des Hundes empfindet sie Freude, und, als sende der Hund etwas, das sie fühlen, aber nicht benennen kann, aus seinem Körper direkt in ihr Nervensystem, einen Anflug von Glück. So einfach ist es also, Glück auszulösen und glücklich zu sein, wird sie denken, so einfach, daß ein dahergelaufener schwarzer Hund es kann, indem er nichts anderes tut, als in einem Zustand zwischen Schlaf und Erwartung vor sich hinzudämmern. Und sie wird sich fragen, ob bei mehr als neunzigprozentiger Übereinstimmung der Gene sich nicht auch in ihr etwas finden lassen müßte von der rätselhaften Fähigkeit dieser Kreatur, ob es nicht auch ihr gelingen könnte, wenigstens sich selbst als Sinn zu genügen und froh zu sein, weil es sie gab, wie der Hund froh war, daß es ihn gab. Sie wird lernen, sich mit dem Hund zu verständigen, und teilhaben an seiner Welterkundung, seinem Umgang mit Artgenossen, sie wird ihn bewundern, wenn er im Blumenbeet weidet und sich unter zwanzig Pflanzen für den Roten Sonnenhut, die Heilpflanze Echinacea, entscheidet; und sie wird sich fragen, ob die Menschen das auch gekonnt und wann sie es verlernt haben. Aus der Summe dessen, was Johanna und den Hund voneinander trennt und was ihnen gemeinsam ist, wird, wenn es gutgeht, Johannas diffuse und unerfüllbare Sehnsucht Gestalt gewinnen; dafür brauche ich den Hund im Buch, auch dafür.

Über einen Hund zu schreiben ist schwer und riskant, vor allem riskant. Aber es scheint, als hätten die meisten Hundebesitzer unter den Schriftstellern irgendwann dem Verlangen nachgegeben, die wechselseitigen, zuweilen in ihrer Heftigkeit verwirrenden Gefühle zwischen Mensch und Hund literarisch zu ergründen: Thomas Mann, Tibor Dery, Sandor Marai, Paul Auster, John Berger, um nur einige zu nennen.

Bücher, in denen Hunde menschlich denken und sprechen, bereiten mir Unbehagen.

Ein Hund, der wie ein Mensch denkt und spricht, ist ein verkleideter Autor, was als Spiel- und Kunstform zwar hingenommen werden kann, aber gerade das Geheimnis tilgt, dem allein die sprachlose Freundschaft zwischen Hund und Mensch, zwischen Bredow und Johanna, sich verdankt.

»Dem Hund«, schreibt Maurice Maeterlinck, »gelingt es, um sich uns zu nähern, die sonst überall undurchdringlichen Scheidewände, die den Arten gezogen sind, zu durchbrechen ... Wir sind allein, völlig allein auf einem Planeten des Zufalls und unter allen Gestalten des Lebens, die uns umgeben, hat sich nicht eine mit uns verbündet, außer dem Hunde.«

Und weiter:

Es sei gewiß, schreibt Maeterlinck, »daß der Hund in der Gesamtheit der vernunftbegabten Geschöpfe, die Rechte, Pflichten, eine Aufgabe und ein Schicksal haben, einen wahrhaft privilegierten Platz einnimmt ... Er ist das einzige Lebewesen, das einen unbezweifelbaren, greifbaren, unwiderruflichen und endgültigen Gott gefunden hat und anerkennt.«

Hier kommt nun Gott ins Spiel, und zwar der Mensch als Gott, und das zu einer Zeit, da der Mensch im Begriff ist, seinen eigenen Gott und damit seine Verbindung zur Transzendenz zu verlieren. Vielleicht wurzelt darin die metaphysische Besonderheit im Verhältnis zwischen Mensch und Hund. Der Hund hat, wonach der aus seiner transzendenten Verankerung gerissene Mensch sich sehnt: etwas, zu dem er gehört, das größer ist als er selbst. Und daß wir einem anderen Geschöpf das sein können, was wir selbst zwischen Philosophie und Sterndeutung vergeblich suchen, rührt uns bis an den tiefsten Punkt unserer Seele.

Der Hund in meinem Buch wird also nicht sprechen oder denken, sondern nur in Johannas Wahrnehmung existieren, in ihrem Blick auf das Ungleiche und das Gleiche. Sie wird sich fragen, warum sie so spät die Freundschaft zu einem Tier gefunden hat, ob sie erst die Bedrohung durch das Alter empfunden haben mußte, weil das Alter uns den Tieren gleicher macht. Alter und Tod ziehen uns unbarmherzig aus dem Reich des Menschlichen auf die andere Seite, in das Reich der Natur. Wenn unser Gehirn allmählich schwach wird, die Organe versagen, rettet uns unsere Kultur nicht mehr, und wir unterliegen dem gleichen Gesetz wie die Tiere.

Sandor Marai, der seinem 1931 erschienenen Roman ›Ein Hund mit Charakter‹ ein schuldbewußtes Cave canem! voransetzt, schreibt darin:

»Nein, nur über die Idylle zwischen Mensch und Hund zu referieren, das ist in der Tat eine wenig aufregende Angelegenheit ... Aber wenn er (der Schriftsteller) sein Augenmerk ganz besonders auf den Hund richtet, erfährt er vielleicht auch etwas über den Menschen. Und die Propheten werden dann schon erklären, was das Kleinbürgerliche daran ist, daß in einem historischen Augenblick, in dem der Mensch ein Hundeschicksal hat, jemand hoffen kann, über den Hund etwas von der augenblicklichen Lage der Menschen in der Welt zu erfahren.«

Nun will ich eigentlich keinen Hunderoman schreiben, auch nicht in dem Maraischen Sinne, daß ich über den Hund von den Menschen erzählte. Mein Hund spielt nur mit, er ist einfach da und bewirkt etwas in der Person, die mit ihm lebt. Für einen Hunderoman brauchte ich eine starke Menschengeschichte wie Tibor Dery in seinem kleinen, aber wunderbaren Buch ›Niki oder die Geschichte eines Hundes‹. Die Hündin Niki, »vermutlich ein Foxterrier, eine Mischung aus Drahthaar und Glatthaar«, mit weißem Fell und nußbraunen Ohren, stellt sich eines Abends bei dem Ehepaar Ancsa ein, läßt sich vor den Füßen des Ingenieurs nieder und teilt von da an, durch seine Liebe zu Herrn Ancsa gebunden, das Schicksal der Familie im stalinistischen Ungarn. Janos Ancsa wird eines Tages seines Postens als Leiter der Fabrik für Bergbaumaschinen enthoben, später verhaftet, ohne zu wissen, warum man ihn einsperrt und warum man ihn nach drei Jahren wieder entlässt. Niki verbleibt in der Obhut von Frau Ancsa, die mühsam für ihrer beider Überleben sorgt. Während Frau Ancsa weiß, warum ihr Mann nicht bei ihr ist, auch weiß, worauf sie hoffen kann, und überdies mit der Bewältigung des schwierigen Alltags beschäftigt ist, bleibt der Hündin nur die Trauer, unter der sie verfällt und stirbt.

»Der Ingenieur, der in den letzten fünf Jahren so manches erlebt und alle Erniedrigung des Körpers und der Seele mit beispielloser Ruhe ertragen hat, scheint in der Aufregung der Heimkehr seine Selbstbeherrschung verloren zu haben; auf die Nachricht, daß die Hündin gestorben ist, bricht er in Tränen aus.«

Ich weiß nicht, ob das auch für die reale Erfahrung gilt, aber für die Literatur, auch für den Film, glaube ich sagen zu dürfen, daß die Absurdität und Grausamkeit der von Menschen angerichteten Verhältnisse uns dann als besonders unerträglich erscheint, wenn nicht nur Menschen, sondern auch die schuldlos in sie verstrickte Kreatur ihre Opfer sind. In ihrer grandiosen Reportage ›Die Hundegrenze‹ beschreibt Marie-Luise Scherer die Rekrutierung und den Dienst eines Hundes an der deutsch-deutschen Grenze. Sie rekonstruiert die verzweigten Wege der Hundebeschaffung, an deren Gabelungen immer wieder ein Mensch steht, dem der Hund ein Gelderwerb, ein Prestigeobjekt oder mitleiderregende Kreatur ist. Auf dem Hintergrund des Hundelebens, das als Schicksal erzählt wird, zeichnen sich die Konturen der Menschenschicksale ab. Der rekrutierte, von den Menschen in Dienst genommene Hund, unfähig zur Schuld, unparteiisch und interesselos zwischen Opfern und Tätern, selbst degradiert zu beidem, zum Täter und zum Opfer, erscheint als Sinnbild der Perversion und Absurdität einer von Menschen errichteten Ordnung.

Die angeführten Beispiele beweisen zwar die Literaturfähigkeit des Hundes im allgemeinen, sagen aber noch nichts über die Literaturfähigkeit meines Hundes, die erst im Text zu beweisen wäre. Kein Hunderoman; auch nicht der Hund als Geisel menschlichen Verhängnisses; sondern? Der Hund als Fragezeichen hinter der eigenen Sinn- und Glücksvorstellung vielleicht; als Konfrontation mit dem kreatürlichen Anteil in uns selbst. Ein wunderlicher Anfang, sagt Johanna am Ende von ›Endmoränen‹, wenn sie den Hund an seinem Strick aus dem Auto zerrt.

Heute ist der 3. März. In einer Woche fahre ich mit meiner Freundin und Leibärztin Eva nach Mexiko. Die Reise haben wir vor drei Monaten beschlossen, als ich Eva erzählte, daß Natalia Timofejewna sich inzwischen in Mexico City aufhält und von dort Briefe nach Berlin schreibt. Dann mußt du ja nach Mexiko fahren, sagte Eva.

Das mache ich mit Büchern und Internet, sagte ich.

Das geht nicht, sagte Eva, da mußt du hin.

Ich sagte, daß ich es leid sei, allein zu reisen, und mich schon verloren fühlte, ehe ich überhaupt abgereist sei, daß ich mein Soll an einsamen Reisen abgeleistet hätte, seit ich als mit einem Einjahres-Visum ausgestattete Bürgerin der DDR sprachlos durch die Welt gereist bin und daß ich darum auf keinen Fall allein nach Mexiko reisen würde. Komm doch mit, sagte ich zu Eva, und sie sagte: Na gut.

In einer Woche fliegen wir los, und ich weiß inzwischen gar nicht mehr, ob Natalia Timofejewna überhaupt noch mitspielt, ob sie wirklich nach Mexico City geflogen ist, um ihre Freundin Leonora Carrington zu suchen. Aber unsere Flüge sind gebucht, eine Unterkunft angemietet, Freunde haben uns bei ihren Freunden avisiert. Wir reisen nach Mexico City, und ich werde Natalia Timofejewna dort finden oder nicht.

7. April

Ich habe sie gefunden. Sie hat Quartier genommen im Süden von Mexico City bei einer Witwe fast ihres Alters, mit der sie am Abend Tequila trinkt und dabei von ihren Unternehmungen des Tages berichtet. Die Witwe ist gebürtige Mexikanerin, aber das Kind deutscher Eltern, die schon 1920 nach Mexiko ausgewandert sind. Manchmal begleitet sie Natalia auf ihren Erkundungen.

Womit ich nicht gerechnet hatte: die Jahre des Exils, die Natalia während der letzten fünfzig Jahre als unbrauchbare Erinnerung tief in sich begraben hatte, werden angesichts der Straßen, Geräusche, der indianischen Gesichter wieder lebendig. Ein halber Satz in den ›Endmoränen‹, eigentlich nur drei Wörter, die ich fast schon vergessen hatte, »später nach Mexiko«, verändern jetzt alles.

In den ›Endmoränen‹ wird über Natalia Timofejewna erzählt, sie hätte in Berlin einige Zeit Malerei studiert, Max Ernst und Leonora Carrington gekannt, war vor den Nationalsozialisten zuerst nach Paris geflohen, später nach Mexiko, wo sie einen deutschen Kommunisten heiratete, mit dem sie, als der Krieg vorbei war, nach Deutschland zurückkehrte, nach Ostdeutschland. Die Ehe, während des Exils für beide lebensrettend wie ein Bündnis zwischen Schiffbrüchigen, erwies sich schon nach wenigen Monaten als Mesalliance.

Das sind die unumstößlichen Fakten; das ist geschrieben und gedruckt.

Ich stelle mir vor, Natalia ist angekommen in Mexiko wie wir, am frühen Abend mit der KLM, pünktlich. Außer einem mittelgroßen Koffer hat sie eine Umhängetasche bei sich, deren breiter Gurt sich über ihre Brust von der rechten Schulter zur linken Hüfte spannt, ihre Hand liegt auf der Tasche, Natalia hat die Reiseinformationen für Mexiko vom Auswärtigen Amt gelesen. Nach den Formalitäten der Paßkontrolle, die eine Stunde dauern, überläßt sie ihren Koffer einem Gepäckträger, denn sie wird im Gegensatz zu uns von niemandem erwartet. Sie nimmt ein registriertes Taxi und läßt sich zum Sheraton Hotel fahren, in dem sie schon in Berlin für eine Woche ein Zimmer gebucht hat.

Für uns aber steht Bernd Scherer, Leiter des Goethe-Instituts, hinter der Absperrung und fährt uns zur Guerrero 62 in Colonia Heroes de la Padierna, wo die schon erwähnten Freunde eines Freundes uns eine Unterkunft angemietet haben. Unsere erste Stunde in Mexico City. Sechsundzwanzig oder achtundzwanzig Millionen Einwohner, wie viele genau, weiß niemand. Die endlose Lichterkette der Autoscheinwerfer erhellt die Werbetafeln rechts und links der Straße. Herr Scherer sagt, das Goethe-Institut hätte die Adresse von Leonora Carrington ermittelt, eine erlösende Nachricht. Zwei Tage vor unserer Abreise, hatte jemand behauptet, sie lebe inzwischen in New York, was mein Vorhaben allerdings nur erschwert, aber nicht vereitelt hätte. Denn ich will Leonora Carrington nicht treffen; ich will sie suchen, aber nicht finden.

Im Frühjahr 1988 drückte mir der Dichter Adolf Endler ein Buch in die Hand mit der dringenden Empfehlung, es zu lesen, ›Das Hörrohr‹ von Leonora Carrington, deren Namen ich bis dahin noch nie gehört hatte. Endlers weitbekannte Kompetenz in allen literarischen Belangen bewog mich, sofort und vertrauensvoll mit der Lektüre zu beginnen, obwohl ich es oft genug als lästig empfinde, ein Buch lesen zu müssen, nur weil es einem anderen gefällt.

Aber schon die ersten Sätze des Romans enthalten jene Spannung zwischen liebenswürdiger Einfalt und rationalem Kalkül, dem das Buch seine beglückende Komik verdankt:

Als Carmella mir ein Hörrohr zum Geschenk machte, hätte sie wohl einige der Konsequenzen vorausahnen können. Carmella ist nicht eigentlich boshaft, sie hat nur einen etwas ausgefallenen Sinn für Humor. Das Hörrohr war schon ein prächtiges Exemplar, nicht eigentlich modern, dafür außergewöhnlich hübsch, verziert mit Motiven aus Silber und Perlmutt und großzügig wie ein Büffelhorn gebogen. Schönheit war jedoch nicht sein einziger Vorzug; das Hörrohr verstärkte Geräusche derart, daß selbst eine gewöhnliche Unterhaltung für meine Ohren ganz verständlich wurde.

Die Beschenkte ist Marian Leatherby, zweiundneunzig Jahre alt, stocktaub und nach eigenem Bekunden geschmückt mit einem stattlichen grauen Bart, die nun, dank des Hörrohrs, von dem Schicksal erfährt, das ihre Familie ihr zugedacht hat. Marian Leatherby kommt ins Heim, woran auch das Hörrohr nichts mehr ändert, wohl aber an Marians Wehrlosigkeit. Im obskuren autoritären Altersheim des Doktor Gambit trifft sie auf eine Schar exzentrischer alter Damen, wird in die unglaubliche Geschichte einer frivolen Äbtissin eingeweiht und schmiedet mit Hilfe ihrer Freundin Carmella Velasquez die abenteuerlichsten

Ausbruchspläne. Das ganze surreale Spektakel endet in einem hoffnungsvollen Menschheitsuntergang und der Aussicht, daß der Planet künftig von Katzen, Werwölfen, Bienen und Ziegen bevölkert wird.

Inbrünstig hoffen wir alle, dies möge eine Verbesserung der Menschheit bedeuten …, schreibt Marian Leatherby in ihr Tagebuch.

Im Frühjahr 1988 lebte ich noch in der DDR, hatte aber einige Monate zuvor ein Ausreisevisum für meine Familie und mich beantragt. Carringtons Mischung aus Realismus, Absurdem und Phantastischem, die Mobilisierung des Unmöglichen, die Tollkühnheit ihrer altersschwachen Heldinnen, die im Bündnis mit geheimnisvollen Mächten dem Unwahrscheinlichen zur Macht verhelfen, fanden in meiner aufbruchgestimmten Seele ihr glückliches Echo.

Weder Leonora Carrington noch ihre Figuren sind Opfer, und das nicht, weil ihnen im Leben nichts geschehen wäre, das sie zu Opfern hätte machen können. Carrington ist in ihrem Naturell und Selbstverständnis kein Opfer. Sie kämpft um die Täterschaft, wie auch Carmella Velasquez und Marian Leatherby nicht Opfer sein wollen und den ihnen zugewiesenen Platz – im Fall der Marian Leatherby der Platz in einem tyrannischen Altersheim – so lange durchsuchen, umstellen und untergraben, bis sie und nicht die vermeintlich Herrschenden den Verlauf der Ereignisse bestimmen.

Seit diesem Frühjahr 1988 gehört Leonora Carrington zu meinen Gefährtinnen, mit ihrer Literatur wie mit ihren Bildern, denn sie ist auch, vielleicht sogar vor allem Malerin. Meistens habe ich ein Bild von ihr als Hintergrund auf meinem Laptop. Und so habe ich sie, als kleine Verbeugung, zur Jugendfreundin von Natalia Timofejewna gemacht. Jetzt aber, nach sechzehn Jahren schwelender Begeisterung, hat sie mich nach Mexiko gelockt, als sei es nun genug der Plänkelei, als sollte ich nun endlich Ernst machen, statt hier und da ihren Namen zu nennen oder eine kleine Kolumne über sie zu schreiben.

Wenn eine frühere Lebensentscheidung später, manchmal auch viel später, einen vorher nur erahnten Sinn offenbart und man der eigenen Biografie wieder einmal ein Quentchen der ersehnten Folgerichtigkeit abringen kann, erfüllt das die meisten Menschen, so auch mich, mit Genugtuung. Daß ein Buch, das Adolf Endler mir im Frühjahr 1988 empfohlen und mich so auf die Spur von Carrington gesetzt hat, im Frühjahr 2004 zu einer eigenen und, wie ich glaube, wichtigen Lebenserfahrung geführt hat und, so Gott will, mir zu der Geschichte verhilft, die ich schreiben will, gibt mir das Gefühl, ich knüpfte immerfort, unbewußt aber doch zielstrebig an einem Netz, in dem die Zufälle des Lebens ihren Platz finden und eines Tages als Muster, als mein Muster kenntlich werden.

Ich bin also nach Mexiko gereist, um Leonora Carrington zu suchen, nicht um sie zu finden. Allein die Vorstellung, ich hätte mich um eine Begegnung bemüht, eines Tages dann vor ihrer Tür gestanden, ihr über die Vermittlung eines Dolmetschers von ihrer Jugendfreundin Natalia Timofejewna erzählt und von meiner Absicht, diese nach ihr suchen zu lassen, weil Adolf Endler mir vor sechzehn Jahren ›Das Hörrohr‹ empfohlen hat, ist absurd. Ich kenne Frau Carrington inzwischen gut genug, um zu wissen, daß dieses Gespräch nicht nur qualvoll, sondern auch riskant gewesen wäre und womöglich sogar mein ganzes Vorhaben gefährdet hätte. Allein die Zumutung, ihr, der gebürtigen Engländerin aus reichem Hause, die wenigstens englisch, französisch und spanisch spricht, nur das Deutsche anbieten zu können, hätte ein solches Ansinnen verboten. Aber selbst wenn ich es gewagt hätte, mich ihr so unvollkommen zu nähern und ihr meine wirren Pläne zu unterbreiten, hätte ich sie ja nur tief beunruhigen können. Vielleicht hätte sie ab sofort wissen wollen, was ich über sie schreibe, oder sie hätte sich erkundigt, ob ich überhaupt würdig und imstande sei, mich über sie herzumachen. Denkbar ist auch, daß ich, nachdem ich ihr von Angesicht zu Angesicht gegenübergesessen hätte, zu eingeschüchtert gewesen wäre, um noch über sie zu schreiben. Oder das Bild, das ich mir im Laufe der sechzehn Jahre von ihr gemacht habe, wäre zersprungen, verschwommen, hätte sich aufgelöst, und wer weiß, ob ich mich mit der Leonora, die ich statt dessen gefunden hätte, hätte anfreunden wollen. Nein, ich durfte sie auf keinen Fall finden. Nur, was ich von ihr und über sie lesen kann, was jeder, der nach ihr fragt, erfahren könnte, ihre Bilder, ihre Bücher sind mein Material. Ich schreibe nicht die Wahrheit über Leonora Carrington, ich erzähle von einem Phantom.

Ich war nur zehn Tage in Mexiko und habe nicht mehr gesehen als Mexiko Stadt. Ich bekenne mich zu meinen Eindrücken, halte aber für möglich, daß sie falsch sind.

Am ersten Tag haben wir das Museum der Dolores Olmedo, der letzten Geliebten und lebenslangen Mäzenin von Diego Riviera, besucht. Auf der Wiese vor dem Haus lagerte ein Rudel nackter Hunde, genannt Xoloitzcuintle und, wie auf einem Schild in spanisch und englisch mitgeteilt wird:

A dog of prehispanic origin which is in a danger of extinction, it is a hairless one and lacks some teeth, has a sensitive dark skin and is known to be tame and friendly.

Wenn sie sich nicht bewegten, was zu ihrem Wesen zu gehören schien, glichen sie den ihnen nachgebildeten Statuen, die gleich neben ihrer Weide herumstanden. Auch Frida Kahlo ist auf vielen Bildern mit diesen eigentlich häßlichen Hunden zu sehen. Sie sind grau, ganz und gar nackt und haben nur auf dem Kopf einen absurden Haarflaum.

Im Haus unglaublicher Reichtum, vergleichbar mit feudalen Anwesen in Europa, heute in diesem Prunk kaum auffindbar, ich glaube, das Silber von Kaiser Maximilian war darunter (oder von jemand anderem, jedenfalls das Silber), und niemand weiß genau, wie Olmedo dazu gekommen sein könnte. Sie war mehrfach reich verheiratet oder verbunden.

So soll die herrschende Schicht in Mexiko gelebt haben und wohl auch noch leben. Olmedo ist erst 2002 gestorben. Die ehemalige Hazienda ist heute ein Museum, in dem 137 Bilder von Riviera und 25 der wichtigsten Bilder von Frida Kahlo zu sehen sind.

Danach sind wir zwischen den schwimmenden Gärten von Xochimilco mit einem dieser flachen, in leuchtendem Rot, Gelb, Grün und Blau lackierten Boote gefahren, in deren Mitte ein großer, überdachter Tisch mit Bänken steht. In den Kanälen wimmelt es von diesen Booten, viele davon schwimmende Läden mit Essen, Getränken, aber auch Teppichen, Spielzeug, Blumen. Und vor allem die Mariachi, eigentlich Hochzeitsmusikanten, die überall in der Stadt auf Werbeschildern ihre Kunst anbieten. Wir haben uns auch ein Lied spielen lassen. Schon am Anfang, als wir einstiegen, hat ein Mariachi-Trompeter für uns einen Trompetenstoß geblasen, nur so zum Spaß und ohne Geld. Es waren fast nur Mexikaner auf dem Wasser, Familien, die ihr Picknick auf den Tischen ausgebreitet hatten, Großmütter, Kinder, Eltern. Die schwimmenden Gärten sind ein schönes Erbe der Azteken, die in der an Ackerland armen Gegend riesige Flöße aus Schilfrohr und Korbgeflecht mit Erde füllten und bepflanzten. Allmählich wurzelten die Pflanzen in dem niedrigen Gewässer und wurden zu fruchtbaren kleinen Inseln.

Und wir waren auf dem Markt von Xochimilco, haben in einer der unzähligen kleinen Garküchen, die keiner deutschen Hygienevorschrift standhalten würden, Tamale gegessen, ein in Maisblättern gegarter Maisbrei mit Hühnerfleisch, und dickflüssigen, kakaoartigen Atole getrunken; wir haben die zu grünen, roten, schokoladenfarbenen Pyramiden aufgeschütteten Gewürzpulver und Moleberge bestaunt; Mole Almendrado, Mole Casero, Mole Verde, eine feste, nutellaähnliche Paste aus Gewürzen und Kakao, die mit Hühnerbrühe zur Sauce verrührt wird und offenbar zur Grundausstattung der mexikanischen Küche gehört. Jeder Ort hat sein eigenes Molerezept.

Auf dem Markt gibt es alles und von allem ganz viel. Fisch, Fleisch, Gemüse, Tortillas, Plastikschüsseln, Eimer, Vogelkäfige, Kochlöffel, Spielzeug, Blumen, kunstvoll gebundene Sträuße und Gestecke, wie die Gewürze zu Pyramiden geformt, als hätte die architektonische Hinterlassenschaft ihrer Vorfahren das ästhetische Empfinden der Mexikaner bis in die Alltagsverrichtungen geprägt.

Überhaupt sind die Mexikaner unermüdliche Mythenbildner und -bewahrer. Die Geschichten der Olmeken, Tolteken, Azteken, Maya gehören in den unverblaßten Mythenteppich Mexikos wie die dunkelhäutige Jungfrau von Guadalupe, Emiliano Zapata, der grausame General Cortez, Diego Riviera und Frida Kahlo.

Egon Erwin Kisch – vor den Nationalsozialisten ebenso nach Mexiko geflohen wie Leonora Carrington, Anna Seghers, Lenka Reinerova oder Leo Trotzki vor Stalin – Egon Erwin Kisch bezeichnete Mexiko als den »Kaspar Hauser unter den Nationen«:

Von einem Tag auf den anderen wurden Traditionen, Geschichte und Dynastie zerbrochen, weggeworfen, verbrannt, von einem Tag auf den anderen wechselte alles, Sprache und Glaube, Staat und Familie, Hautfarbe und Sitte, Namen und Gebärde, Waffe und Erwerb, Gebrauch und Gesetz, das Menschenreich und das Tierreich ... Der indianische Doppelgänger des deutschen Kaspar Hauser zog ein schlimmeres Los als der deutsche Kaspar Hauser. Der indianische Kaspar Hauser wurde nicht ganz zu Tode ermordet, er lebt noch, aber wie einer, der's nicht vergißt, daß man ihm von einem Tag zum andern die Freiheit nahm, den Glauben, die Sprache, die Frauen und Töchter und sogar das Tageslicht, indem man ihn an unterirdische Bergwerkswände schmiedete. Dreihundert Jahre schmählichster Sklaverei.

Aber, sagt Kisch: ... *der indianische Kaspar Hauser hat seine dunkle Vorvergangenheit nicht vergessen.*

Aus dem Wissen um die geraubte Herkunft mag die Mythensucht der Mexikaner sprießen wie Triebe aus der lebendigen Wurzel eines gefällten Baums. Glauben mischt sich mit Aberglauben, alte Mythen leuchten durch die neuen. Überall in Mexico City kann man dem Adler, der Schlange und dem Kaktus begegnen, die zum Gründungsmythos der Stadt gehören. Als die Azteken aus dem Norden einwanderten, sollten sie sich nach göttlichem Gebot dort niederlassen, wo sie einem Adler begegnen, der, auf einem Kaktus sitzend, eine Schlange frißt. Dieses Arrangement fanden sie auf einer der kleinen Inseln im flachen und sumpfigen Texcoco-See und bauten ihre Stadt, durch Dämme kunstvoll mit dem Festland verbunden, mitten in den See. Das soll sich um 1370 zugetragen haben.

In dieses Land kam Leonora Carrington 1942.
Fünf Jahre zuvor hatte sie, zwanzigjährig, an der Londoner Malschule des Amédée Ozenfant den berühmten Max Ernst kennengelernt, sich in ihn verliebt und war ihm nach Paris gefolgt. Drei Jahre lebten die beiden auf einem Bauernhof im südfranzösischen St-Martin d'Ardèche, unbeeindruckt vom längst über Deutschland und Europa aufgezogenen Unheil, Loplop, der Vogelmensch und seine kindliche Winds-

braut, im Reich der Fabeltiere, der Liebe und ungezügelten Phantasie. Max schlug Skulpturen aus dem Stein, malte, auch Leonora malte. Auf einem Selbstporträt aus den Jahren 37/38 sitzt eine junge Frau mit wildem Haar auf einem zierlichen blau-roten Sessel. Sie trägt weiße, trikotartige Hosen, dazu schwarze Strümpfe und elegante schwarze Schuhe, unter ihrer offenen olivgrünen Jacke, vielleicht einer Lederjacke, einen dünnen braunen Pullover, den man heute mit dem gräßlichen Wort T-Shirt bezeichnen würde. Hinter der Frau schwebt in Höhe ihres Kopfes ein weißes Schaukelpferd vor einer grauen, leicht blaustichigen Wand. (In ebendiesem Grau ist, glaube ich, Carringtons Haus gestrichen, das ich in Mexico City umschlichen und fotografiert habe.) Durch das von schweren goldgelben Vorhängen gerahmte Fenster sieht man in einen Pinienhain. Ein weißes Pferd jagt gerade in gestrecktem Galopp vorbei. Eine Hyäne mit prallem Gesäuge tänzelt graziös vor der Frau, die ihre Hand nach dem Tier ausstreckt. Beide, Frau und Hyäne, schauen gleichermaßen herausfordernd auf den Betrachter, und beider Blicke lassen keinen Zweifel: sie gehören zusammen.

Immer hat Carrington auch geschrieben, auch damals in St-Martin d'Ardèche. Zu ihrer Erzählung ›La maison de la peur‹ schrieb Max Ernst in seinem Vorwort: *Wer ist die Windsbraut? Kann sie lesen? Schreibt sie fehlerlos französisch? Aus welchem Holz ist sie geschnitzt? Sie ist geschnitzt aus ihrem lichten Leben, aus ihrem Geheimnis, aus ihrer Poesie. Sie hat nichts gelesen, doch sie hat alles getrunken. Sie kann nicht lesen. Und doch hat die Nachtigall sie auf dem Stein des Frühlings sitzen und lesen sehen. Und obwohl sie nicht laut las, hörten ihr die Tiere und die Pferde bewundernd zu.*

Fünfzig Jahre später wird Leonora Carrington zu ihrer Biografin über die Jahre in St-Martin d'Ardèche sagen: »Es war das Paradies.«

Der Weg aus dem Paradies nach Mexiko führte durch die Hölle. Max Ernst wird verhaftet und deportiert, Leonora flieht mit einer Freundin nach Spanien, verliert auf dem schmalen Grat zwischen Phantasie und Wirklichkeit die Balance und landet, auf Betreiben ihres Vaters, in der psychiatrischen Anstalt von Santander. Aus ihrer Erfahrung mit dem Wahn und seiner brutalen Austreibung wird später ein Buch mit dem deutschen Titel ›Unten‹. Von Santander soll sie, wieder auf Initiative des Vaters, in eine Privatklinik nach Südafrika verbracht werden. In Portugal, wo sie eingeschifft werden soll, gelingt ihr die Flucht in die mexikanische Botschaft. Sie sucht einen alten Freund aus der Pariser Zeit, den ehemaligen Stierkämpfer Renato Leduc. Sie heiratet ihn. Gemeinsam gehen sie nach New York, später nach Mexiko.

So kam Leonora Carrington in das Land, in dem sie heute noch lebt; aus Europa vertrieben durch Nationalsozialismus und Krieg, auf der Flucht vor den Eltern, durch die zufällige Begegnung mit einem alten Freund. Zufall oder Schicksal? Carrington, selbst ein Geschöpf der Mythen und Mythenschöpferin, im Land der Mythenbildner und -bewahrer. Wo sonst?

Von der Fähigkeit zum Glücklichsein

Vor zwanzig Jahren war ich zum ersten Mal in New York und habe dort etwas gefunden, wovon ich vorher nicht hätte sagen können, daß ich es suche, und von dem ich auch heute noch nicht genau sagen kann, was es war. Am leichtesten läßt sich beschreiben, was die Stadt damals in mir ausgelöst hat. Durch freundschaftliche Vermittlung hatte ich ein wunderbares Domizil gefunden, einen riesigen Loft in SoHo, ausgestattet mit anmutigem, teils lädiertem, weil vom Sperrmüll geborgenem Mobiliar, wo ich die ersten Tage, weil die Besitzer verreist waren, allein zubrachte. Ich hatte zwei, drei Telefonnummern von Leuten, die ich entweder gar nicht kannte oder einmal gesehen hatte, so daß mir nichts übrigblieb, als die Stadt zunächst ohne Beistand zu erkunden. Im Jahr zuvor war ich, ausgestattet mit einem Jahresvisum, viel gereist, hatte mich in Paris, London, Rom zwar zurechtgefunden, bezweifelte aber, daß ich New York, dem sagenhaften, legendenumwobenen New York gewachsen sein würde. Es war Sonntag, die Stadt dampfte unter der ersten

Hitzewelle des Jahres, und ich lief von der Houston Street bis zur 65. Straße, wo die Leute wohnten, die ich einmal gesehen hatte. Vielleicht bin ich zwei Stunden gelaufen, vielleicht auch zweieinhalb. Unterwegs schwollen meine Hände auf Bauarbeiterformat, ich setzte mich auf eine steinerne Baumumrandung, hielt meine Arme senkrecht in die Luft, was ich mich weder in Paris, noch in London oder Rom getraut hätte, und war sicher, daß niemand Anstoß nehmen würde an meinem Gebaren. Ich kann nicht erklären, woher das Gefühl von Vertrautheit rührte, aber ich erinnere mich genau, daß ich an diesem ersten Tag gedacht habe: das kann ich, was hier von mir verlangt wird, kann ich.

Und nach vier Wochen glaubte ich, ich verstünde das Leben nun besser als vorher. Was ich verstanden hatte, läßt sich in einem der abgedroschensten Allerweltssätze sagen, einem Kalauer unter den Spruchweisheiten, der mir für mein persönliches Leben ganz und gar keine Neuheit war, dessen Konsequenzen für eine Gesellschaft ich aber bis dahin, vielleicht aus mangelndem Anlaß, nie bedacht hatte. Die Freiheit hat ihren Preis, heißt dieser Satz in seiner groben Form. In New York verstand ich, daß es eine verteidigungswürdige Freiheit sein kann, als Obdachloser auf der Bowery zu enden; daß es ein Recht auf Scheitern gibt; daß der Schutz vor Verbrechen die Freiheit aller, auch der Nicht-Verbrecher einschränkt und Verbrechen darum zwar verboten, aber nicht unbedingt verhindert werden können; daß der Preis der Freiheit die Sicherheit ist und der Preis für die Sicherheit die Freiheit. New York ist für lange Zeit mein Sehnsuchtsort geblieben, weil ein Teil meiner Natur, meines Wesens, der sich bis dahin vorwiegend als störend und unpassend erwiesen hatte, mir da zum ersten Mal sinnvoll erschien.

Das ist zwanzig Jahre her, der Loft ist verkauft, der Freund, dem er gehörte, lebt nun im Oderbruch; das Sicherheitsbedürfnis der New Yorker Nichtraucher hat die Freiheit der Raucher annulliert; und die Angst vor dem Terrorismus hat das Verhältnis der Amerikaner zur Freiheit verändert, zumindest vorübergehend. Vielleicht lag es daran, vielleicht war ich inzwischen auch so freiheitsgesättigt, daß ich nicht an New York denken mußte, um jenes Glücksgefühl zu aktivieren, das meine erste Begegnung mit der Stadt als physische Erinnerung in mir hinterlassen hatte.

An Mexico City denke ich jetzt, zwei Monate nach meiner Reise, ähnlich sehnsüchtig wie damals an New York. Ich denke an das unberechenbare Verkehrschaos auf der Avenida Insurgentes, der fünfzig Kilometer langen Nord-Süd-Achse durch die Stadt, an den Markt voller buntem Plunder hinter dem Zócalo, der sich wie durch einen Zauber mit jedem Schritt zu verlängern schien, als wäre man hoffnungslos in ihm gefangen, an die kleinen Busse, die halten, wo sie wollen, und die grünen Käfertaxen, in die wir nicht einsteigen sollten, weil man uns sonst womöglich entführt und ausgeraubt hätte; ich denke an die drei jungen Männer, die lachend und anmutig wie Tänzer das einstürzende Dach ihres Marktstandes zu retten versuchten; an die Optikerin, deren Baby hinter dem Verkaufstresen über den Boden krabbelte, während sie meine Sonnenbrille reparierte; an den Sonntag im Chapultepec-Park, wo das Geschrei der Verkäufer und der Kinder schrill wie die Farben der Spielsachen, Süßigkeiten und Getränke die Sinne bestürmen und wo die Großfamilien unter den Bäumen ihr Picknick ausbreiten. Die Bedürftigkeit der potentiellen Käufer all der unnützen, hier angebotenen Waren ist so sichtbar wie die der Verkäufer, und es bleibt ein Rätsel, wie die einen die anderen ernähren sollen.

Auf dem Weg zu den Pyramiden von Teotihuacán haben wir die grauen Betonhütten gesehen, die dicht nebeneinander an den schattenlosen Berghängen rund um Mexico City kleben, bis kurz unter die Gipfel. Angesichts der Wäschemengen, die vor den Hütten trockneten, ahnten wir, wie viele Personen Obdach finden unter solch einem kleinen Dach; vierzehn oder sechzehn in zwei winzigen Zimmern, las ich später in den Reportagen von Jelena Poniatowska, der mexikanischen Schriftstellerin und Nachfahrin des letzten polnischen Königs. An den Wochenenden ziehen auch die Bewohner der Berghänge hinunter zu den Attraktionen der Stadt, in die sie vor kurzer oder längerer Zeit aus ihren Dörfern gekommen sind, um hier ihr Glück, wenigstens ihr Auskommen zu finden. Eltern und Kinder in Jeans und leuchtenden T-Shirts, größere Kinder tragen kleine auf dem Arm, vielleicht Schwester oder Bruder, vielleicht auch schon das eigene Kind.

Natürlich sehne ich mich nicht danach, arm zu sein, zu sechst in einem Zimmer zu leben oder halbe Tage im Verkehrsstau zu verbringen. Ich weiß den Wohlstand und die berechenbare Ordnung der westlichen Zivilisation zu schätzen und genieße es, in ein Taxi zu steigen, ohne um mein Leben fürchten zu müssen. Wonach sehne ich mich also, während ich mich durch die augen- und ohrenbetäubende Unordnung von Mexico City drängele?

Und was überhaupt ist das: Sehnsucht? Was empfinde ich, wenn ich Sehnsucht habe? Sehnsucht ist ein Wort wie Liebe oder Ewigkeit oder Tod, deren Geheimnissen die Wissenschaft um so weniger beikommt, je exakter sie das Phänomen beschreibt. Nimmt uns die Erklärung, der Tod sei der Zustand der irreversibel erloschenen Gesamtfunktion des Großhirns, Kleinhirns und des Hirnstamms, der irreversible Stillstand von Kreislauf und Atmung, der Ausfall des zentralen Nervensystems und der anschließende Zerfall aller Zellen auch nur das Allergeringste von unserer Todesangst, oder macht sie uns unser Wegsein von der Welt, während alles andere – der Stuhl, auf dem wir gerade sitzen, die Wände, die uns umgeben, der Baum vor dem Fenster, durch das wir sehen – noch da ist, macht sie uns diese Ungeheuerlichkeit verständlicher oder erträglicher?

Vor einigen Jahren verkündete die Hirnforschung, sie hätte den chemischen Zustand der Liebe entdeckt. Aber ob unsere Liebe mit der Produktion von Oxytocin oder irgendeines anderen Hormons einhergeht, ob daran die Amygdala oder der Hippocampus beteiligt ist, ist für den, der sich, weil er liebt, wie im Rausch erlebt, ohne Belang. Es erklärt ihm nicht, warum ausgerechnet beim Anblick dieser Frau oder dieses Mannes und ausgerechnet an diesem Tag, in dieser Woche, in diesem Monat der Hypothalamus in seinem Hirn sich zur übermäßigen Oxytocin-Produktion entschlossen hat, zumal dem Liebenden der Gedanke, es sei nicht Schicksal, nicht Vorsehung, nicht der Augenblick, auf den sein ganzes Leben zugelaufen ist, widerstreben wird. Und so wird er die Wissenschaft seiner Idee von der Liebe anverwandeln und fest glauben, der Hypothalamus sei der Vorsehung gefolgt und hätte nur darum im richtigen Augenblick dieses Oxytocin produziert. Liebe ist Liebe.

Wie die Liebe ist die Sehnsucht auf das Glück gerichtet, aber anders als die Liebe zeigt die Sehnsucht einen Mangel an. Ich sehne mich nach etwas, von dem ich glaube, daß es mir zu meinem Glück fehlt, zum Beispiel nach Freiheit. Sehnsucht ist unstillbar, denn sie drängt ins Paradies. Sobald die eine Sehnsucht gestillt ist, erwacht eine andere, weil ich um der Freiheit willen etwas geopfert habe, wonach ich mich nun sehne, zum Beispiel nach Geborgenheit. Zum Glück aber brauchte ich beides. Und so stürzt sich der Mensch von einem Mangel in den anderen. Er sucht die Einsamkeit und sehnt sich nach Nähe; findet er Nähe, wähnt er in der Einsamkeit das Glück.

Aber selbst wenn es ihm gelänge, das Unvereinbare in dieselbe Zeit, an denselben Ort zu bannen, bliebe er einer anderen Dimension der Sehnsucht ausgeliefert, einer Sehnsucht, die ihren Gegenstand nicht kennt; die nicht weiß, ob sie aus der Erinnerung kommt oder aus dem Traum; die heimkehren will und nicht weiß, wohin. Ihre Sprache ist die Musik und das Gedicht, und so überlasse ich das Wort einem Berufenen, Heinrich Heine und seinem Gedicht ›Fragen‹ aus dem ›Buch der Lieder, Die Nordsee – Zweiter Zyklus‹:

Fragen

Am Meer, am wüsten, nächtlichen Meer
Steht ein Jüngling-Mann,
Die Brust voller Wehmut, das Haupt voll Zweifel,
Und mit düstern Lippen fragt er die Wogen:

»O löst mir das Rätsel des Lebens,
Das qualvoll uralte Rätsel,
Worüber schon manche Häupter gegrübelt,
Häupter in Hieroglyphenmützen.
Häupter im Turban und schwarzem Barett,
Perückenhäupter und tausend andre
Arme, schwitzende Menschenhäupter –
Sag mir, was bedeutet der Mensch?
Woher ist er kommen? Wo geht er hin?
Wer wohnt dort oben auf goldenen Sternen?«

Es murmeln die Wogen ihr ewges Gemurmel,
Es wehet der Wind, es fliehen die Wolken,
Es blinken die Sterne, gleichgültig und kalt,
Und ein Narr wartet auf Antwort.

C., dem ich, wieder beim Frühstück, leichtfertig meine Gedanken über Sehnsucht vorlese, C. meint, er kenne bessere Gedichte zu diesem Thema, und rezitiert Rilke, und eigentlich, sagt C., könne man sich zu diesem Thema, da es unzählige Male abgehandelt sei, überhaupt nur noch ironisch äußern.

Ich sage, in diesem Gedicht von Rilke käme gar kein Narr vor, mir ginge es aber gerade um den Narren, denn ich hätte dieses Gedicht mit sechzehn oder siebzehn entdeckt und seitdem gewußt, daß es töricht ist, solche Fragen zu stellen, was mich nicht davon abgehalten hätte, es trotzdem zu tun und überdies auf Antworten zu hoffen, was an sich ja ironisch sei. Außerdem müßten wir, wenn man über das Leben denke wie C., uns selbst als ironische Figuren verstehen, weil vor uns Milliarden Menschen gelebt hätten, die ähnlich gefühlt hätten wie wir und ebenso gestorben seien, wie wir auch sterben werden, und als deren postmoderner Abklatsch wir dann in unseren eigenen Augen gelten müßten, was ich aber grundsätzlich ablehnte. Mir sei es vollkommen gleichgültig, ob tausend andere Menschen meine Sehnsucht auch schon empfunden hätten, für mich sei sie neu und unverbraucht. Schließlich verlange auch niemand von uns, Schmerzen ironisch zu ertragen, nur weil sie millionenfach erlebt und beschrieben wurden. Schmerz sei Schmerz, und Sehnsucht sei Sehnsucht.

Über C.s Gesicht zieht ein Schatten von Mitleid oder Bedauern, jedenfalls hält er mich für einen hoffnungslosen, sich nicht auf der Höhe ästhetischer Bildung befindenden Fall und wendet sich wieder seinen eigenen Angelegenheiten zu.

Natürlich weiß ich, daß es zweierlei ist, Sehnsucht zu haben oder über Sehnsucht zu schreiben. Aber ist der ironische Umgang mit Gefühlen nicht längst zur Alltagssprache geworden? Und wäre es damit nicht ein Akt höherer Ironie, dieserart schamhaften oder verräterischen Umgang mit der Liebe und der Sehnsucht aufzukündigen und sie schreibend so ernst zu nehmen wie im Leben auch, was ja nicht bedeutete, ihre Ambivalenz zu leugnen. Sogar im Zustand höchster Verliebtheit wissen wir noch, daß wir in den Augen unserer normaltemperierten Mitmenschen durchaus komisch sind, was nichts daran ändert, daß wir selbst unsere Lage als eine auf Leben und Tod empfinden.

Zurück nach Mexiko und zu der Frage, welcherart die Sehnsucht ist, die es in mir weckt. Selbst wenn die Bilder eine Täuschung wären oder ich sie falsch gedeutet hätte, signalisierte die Sehnsucht, die sie hervorrufen, einen von mir empfundenen Mangel.

Beschreiben könnte ich nur Vages: die Bereitschaft zu lächeln, wenn man auf den Blick eines anderen trifft; die kleinen Mädchen im sonntäglichen Chapultepec-Park, denen eine festliche Schleife im Haar das neue Kleid ersetzen muß; die unermüdlichen, geduldigen Straßenhändler, deren Speisen wir nicht essen dürfen, weil unsere hygieneverwöhnten Organe sie nicht vertragen würden; die Beweglichkeit, die Farben, der brüchige Fußboden der Markthalle; die allgegenwärtige Improvisation, aus Lust oder Not. Müßte ich meine Begeisterung auf einen Begriff bringen, so hieße er Unordnung, eine schöne Unordnung, in der man Glück haben kann oder Pech, die Räume läßt für das eigene Spiel, für glückliche und unglückliche Zufälle.

Wenigstens ein Drittel aller Menschen in Mexico City lebt laut Statistik unter dem Existenzminimum und kann nur in seinen großen Familienverbänden überleben. Kinder verkaufen an den Verkehrsampeln Süßigkeiten, die ihre Mütter gebacken haben, oder kleine Blumensträuße aus dem Gärtchen der Großmutter, was in Deutschland mindestens ein Fall für den Kinderschutzbund wäre, wahrscheinlich aber für die Polizei; Garküchen werden von allen Generationen einer Familie betrieben, jeder trägt irgendwie, oft nur durch Gelegenheitsarbeit, zum Unterhalt bei.

Wäre Wohlstand die zwingende Voraussetzung für Glück, müßten alle Deutschen, selbst die Sozialhilfeempfänger, fröhlich auf den Straßen tanzen und die meisten Mexikaner gramgebeugt ihr Schicksal tragen. Es ist aber umgekehrt. Inmitten dieser mir unerklärlichen Lebensfreude fühlte ich mich wie ein erschöpfter und abgeklärter erwachsener Mensch, der sich, entzückt vom Spiel der Kinder, plötzlich früher Quellen des Glücks erinnert, als Wörter wie Rente, Lebensversicherung, Lebenserwartung, Steuervorteil noch ohne Bedeutung für ihn waren.

Womit ich wieder bei meinem Buch wäre und bei Johanna, die sich angesichts ihres schlafenden Hundes fragt, warum es ihr nicht gegeben ist, sich wie diese Kreatur einfach am Dasein zu erfreuen und wenigstens sich selbst als Sinn zu genügen.

Johanna arbeitet also inzwischen als Aushilfe in Igors Galerie, um in diesem künstlichen Zustand der Untätigkeit abzuwarten, ob nicht, wenn sie sich erst einmal aus allen Gewohnheiten gelöst hat, die Vorstellung von einer Zukunft in ihr Gestalt annehmen will.

Dreimal in der Woche verließ ich nun gegen zwölf Uhr die Wohnung und fuhr in Igors Galerie, um sie bis zum Abend um sieben zu beaufsichtigen. Ich war es nicht gewöhnt, pünktlich und regelmäßig das Haus zu verlassen, um an einem anderen Ort zu arbeiten. Seit über zwanzig Jahren hatte ich nur meinen Stuhl am Frühstückstisch mit dem am Schreibtisch vertauscht. Aber es gefiel mir. Es machte mir sogar Spaß, am Abend schon zu überlegen, was ich am nächsten Tag anziehen würde, statt mir wie bisher nur ein beliebiges bequemes Kleidungsstück überzuwerfen. Allein, daß ich in die Innenstadt fuhr wie sonst nur zu Ausstellungs- oder Theaterbesuchen oder wenn ich mich, was selten vorkam, mit Laura verabredet hatte, verlieh den Tagen einen gewissen Glanz. Igor kam meistens nur für eine Vier-

telstunde vorbei, sah nach der Post und erkundigte sich nach Besonderheiten, manchmal tranken wir eine Tasse Tee oder, wenn er gegen Abend kam, ein Glas Wein. Am ersten Tag hatte er mich eingewiesen, mir ein paar Kataloge und Zeitungsausschnitte über moderne russische Malerei auf den Tisch gelegt; nur damit Sie sich besser fühlen, hatte er gesagt, eigentlich ist es gleichgültig, ob Sie es wissen oder nicht. Wenn die Leute keine Ahnung haben, können Sie erzählen, was Ihnen einfällt. Wenn Sie einen Experten wittern, sagen Sie besser gar nichts. Und falls jemand den Eindruck erwecken sollte, er sei vielleicht ein Käufer, rufen Sie mich sofort an.

Ich mußte Tee im Samowar bereiten, Anrufe entgegennehmen, Auskunft erteilen, sofern es mir möglich war, wichtige Gespräche an Igor weiterleiten oder Termine vereinbaren für die Tage, an denen Igor selbst in der Galerie war.

Anfangs hielt ich mich lieber im vorderen, zu ebener Erde gelegenen Raum auf, wo ich das Gefühl hatte, direkt auf der Straße zu sitzen oder umherzugehen, zwar durch Glas geschützt vor Wetter und Lärm, aber doch mitten unter den Menschen, Anwohnern oder Touristen, die durch die Galerien der Gegend streiften oder eins der zahllosen Restaurants suchten. Bredow lag meistens direkt vor der gläsernen Tür und wartete auf einen seiner Artgenossen, die hin und wieder seinen schmalen Ausblick passierten und um deren Aufmerksamkeit er sich dann lauthals bemühte. Manche blieben stehen oder stemmten sich sogar mit den Vorderpfoten gegen das Glas, bis ihre Herrschaft sie weiterzog, andere gingen vor-

über, ohne den Kopf zu wenden, und nur ein kurzes Zucken ihrer Ohren verriet, daß sie Bredows Rufen überhaupt gehört hatten.

Ich saß am Tisch in der hinteren Ecke, las, sah auf die Straße, trank Tee, telefonierte, lächelte freundlich, wenn ein junges Paar oder einzelne in Anoraks und mit kleinen Rucksäcken über den Schultern sich vor der Kälte in unsere Galerie flüchteten, die Wände mit den Bildern abschritten, die Faltzettel lasen oder nur einsteckten, begehrliche Blicke auf den Samowar warfen und sich mit einem gemurmelten Dank wieder verabschiedeten. Jedesmal, wenn sich ein Besucher unserer Tür näherte, lockte ich Bredow mit einem Keks oder einem Stück Wurst an meinen Tisch, um ihn daran zu hindern, den Gast mit lautem Gebell zu begrüßen und indiskret zu beschnüffeln. Mehr hatte ich nicht zu tun. Ich saß einfach nur in der Galerie, umgeben von Bildern, die mir nicht gefielen, beobachtete, wie sich in den matt lackierten Dielen die Sonne reflektierte oder wie die Pfützen auf der Straße zitterten und Blasen schlugen, wenn es regnete, und wartete. Es war ein vollkommen entspanntes Warten, das, da es seine Erfüllung nicht kannte, frei von jeder Ungeduld war. Und weil ich, indem ich wartete, meine Arbeit tat und für meinen Lebensunterhalt sorgte, hatte ich auch nicht das Gefühl, etwas Unerlaubtes zu tun. Alles war richtig. Ich tat, was ich tun mußte, und war doch ganz frei.

Als ich ein Kind war, hatte meine Mutter behauptet, sie könne meine Gedanken lesen; sie müsse nur tief in meine Augen sehen wie durch ein Fenster, und da, hinter meinen

Augen, sei jeder meiner Gedanken auf einen schmalen weißen Streifen, der mitten durch meinen Kopf liefe, geschrieben. Sie muß sich meinen Kopf wie einen Telegrafenticker vorgestellt haben, der diese weißen Streifen ausspuckte, die dann auf das Telegramm geklebt wurden. Komme morgen stop holt mich ab stop. Ich weiß nicht, ob ich an den weißen Streifen überhaupt je geglaubt habe oder erst später nicht mehr, aber daß meine Mutter meine Gedanken lesen konnte, glaubte ich und trainierte darum verbissen, an gar nichts zu denken, was mir natürlich nicht gelang, weil, sobald sich die kleinste Lücke bot, irgendein Gedanke hindurchschlüpfte und sich in meinem Kopf breitmachte. Nur wenn ich unausgesetzt den Satz: ich will an gar nichts denken, ich will an gar nichts denken, vor mich hindachte, konnte ich alle anderen Gedanken, die ich mir als kleine, glitschige, teils fötale oder verkrüppelte, in einem blasigen Gewässer schwimmende Gestalten vorstellte, daran hindern, in die sätzebildende Region meines Kopfes aufzutauchen und für meine Mutter lesbar zu werden. Als meine Mutter eines Tages wieder einmal versuchte, durch meine Augen in meinen Kopf zu dringen, wobei ihr Blick sich allmählich verdüsterte, bis sie wütend wurde und ausrief: Was in deinem Kopf vorgeht, möchte ich wirklich gerne wissen, hatte ich gewonnen. Mit der Zeit verfeinerte ich die Methoden, mit denen ich das Innere meines Kopfes vor dem Zugriff meiner Mutter bewahrte. Ich zählte die blauen Punkte auf der Tischdecke und dachte jede einzelne Zahl sorgfältig vor mich hin, oder ich rezitierte stumm ein Gedicht, das wir gerade in der Schule gelernt hatten. Wichtig war vor allem, daß jede Sekunde, am besten jede Zehntelsekunde von einem Wort besetzt war. Am Ende, als es gar nicht mehr nötig war, weil ich unerwünschte Fragen meiner Mutter einfach hätte zurückweisen können, am Ende hatte ich gelernt, die gefährliche Bereitschaft meines Kopfes zu blockieren, indem ich alles, was ich sah, im selben Augenblick benannte. Ich sah in das Gesicht meiner Mutter und dachte: die Augen sind graublau, die Pupillen sind heute kleiner als sonst, die Fältchen über dem Mund laufen schräg aufeinander zu, auf dem Nasenrücken ist ein kleiner roter Fleck, die grauen Haare am Scheitel sind wahrscheinlich sieben Millimeter lang, die Bluse ist hellblau, der zweite Knopf von oben ist nicht geschlossen; so weiter abwärts, bis meine Mutter von mir abließ oder, weil sie nicht aufhörte, mich zu bedrängen, ich meinen Blick ausweiten mußte, erst auf das Zimmer, dann durch das Fenster in die Bäume.

Nachdem ich einige Tage in der Galerie so vor mich hingewartet hatte, begann ich, was immer mir vor die Augen kam – die Bilder, Passanten, Hunde, Schatten –, in solchen einfachen Sätzen stumm zu benennen. Ich war fast immer allein, und es bestand nicht die geringste Gefahr, daß jemand sich meiner Gedanken hätte bemächtigen können. Eher war es umgekehrt, und eine Horde übellauniger, misanthropischer Gedanken hatte in meinem Kopf ihr Feldlager aufgeschlagen und ließ sich weder von mir noch von Elli oder sonstwem vertreiben. Jeder andere Gedanke wurde sofort entwaffnet oder in die Flucht geschlagen. Ich wollte mit dieser Besatzungsarmee in meinem Kopf nichts mehr zu tun haben. Ich wollte mich nicht fragen lassen, ob es nicht vielleicht doch nur lächerlich sei, von diesem stumpfsinnigen Sitzen und Warten eine Erlösung zu erhoffen; und ob es nicht überhaupt verrückt sei, in meinem Alter mehr zu wollen, als halbwegs gesund und bemittelt das Leben so fortzuführen, wie man es nun einmal bis dahin gelebt hatte. Ich wollte auch nicht über den Zustand der Welt oder die Natur des Menschen nachdenken müssen, wozu ich mich jahrzehntelang verpflichtet gefühlt hatte und trotzdem immer noch weniger wußte, als ich in jedem intelligenten Sachbuch auch nachlesen konnte. Da ich den Okkupanten meines Kopfes durch die Mobilisierung anderer Gedanken nicht beikommen konnte, blieb mir nur der Rückgriff auf meine kindliche Erfahrung. So wie ich meine Mutter in meinen Kopf nicht reingelassen hatte, ließ ich diese unliebsamen Gedanken jetzt nicht raus. Ich sperrte sie ein, indem ich unentwegt vor mich hersagte, was ich sah: der Untergrund des Bildes ist blutrot, in der linken unteren Ecke sieht man, in einem Dreieck zueinander gestellt, drei blaue Dächer. Aus dem Schornstein des linken Daches quillt zarter graublauer Rauch, in der oberen rechten Hälfte des Bildes schwebt eine Frau. Vor der Galerie steht ein Mann und sieht durch das Schaufenster, er hält seine Hand wie einen Schirm über die Augen. Der Mann geht weiter. Es regnet nicht mehr.

Am liebsten aber sah ich Bredow zu, wie er das Stück Straße vor der Tür bewachte, seine Ohrspitzen aufstellte, wenn etwas sein Interesse erregte, und sie wieder abklappte, wenn das Interesse erlosch; oder wie er, auf der Seite liegend und alle vier Beine in dieselbe Richtung gestreckt, schlief und dabei die Vorderpfoten zuckend bewegte, als liefe er im Traum fröhlich durch den Wald; oder wie er in unerschöpflicher Freude auf mich zugelaufen kam, sooft ich ihn rief. Da ich nichts über Bredows Herkunft wußte, versuchte ich, mir sein Vorleben und die Gründe für seine Aussetzung aus seinen Eigenarten und Gewohnheiten nach und nach zu einer plausiblen, wenn auch unscharfen Geschichte zusammenzureimen. Inzwischen glaubte ich, daß Bredow seine Kindheit in einer Vorstadt verbracht hatte, wo er allein mit einer älteren Frau lebte, die nicht mehr gut zu Fuß war, so daß Bredow wenig Kontakt zur Welt, vor allem zu anderen Hunden hatte, die aber häufig Besucher empfangen haben muß, weil Bredow Menschenansammlungen liebte und auf die Ankündigung, es käme Besuch, sofort erwartungsvoll zur Wohnungstür lief. Daß es eine alte Dame gewesen sein muß, glaubte ich, weil Bredow, sobald einer von uns sich aus dem Fenster lehnte, sich sofort drängelnd dazugesellte, als sei das für diese Art der Beschäftigung der ihm angestammte Platz. Als sicher konnte auch gelten, daß er nicht in einer Wohnung, sondern in einem eigenen Haus gelebt hat, sonst hätte er schon am Anfang gewußt, daß er nicht alle fünf Stockwerke unseres Hauses, sondern nur unsere Wohnung zu bewachen hat. Warum die alte Dame, bei der Bredow allem Anschein nach eine schöne Kindheit verbracht hatte, ihn dann allein gelassen hat, blieb unklar. Entweder war sie in einen Unfall verwickelt, in dessen Folge der Hund verlorenging, denn es war seltsam, daß Bredow die Autos so lange nicht fürchtete, wie er selbst nicht in einem saß, aber unruhig, sogar panisch reagierte, sobald unser Auto zum Beispiel auf der Autobahn von anderen Autos umringt war, was mich zwang, ständig alle vorgeschriebenen Geschwindigkeiten zu überschreiten, um unangefochten an der Spitze jedweder Kolonne zu fahren. Oder aber die alte Dame wurde ins Krankenhaus eingeliefert oder war sogar gestorben und Bredow wurde von ihren herzlosen Erben mit einem Auto dorthin gefahren, wo ich ihn dann gefunden hatte, was auch erklärt hätte, warum er anfangs bei jeder Autofahrt kotzen mußte. Über Bredow dachte ich gerne nach, lieber als über alles andere. Und die misanthropische Horde war gegen ihn vollkommen machtlos.

In der Zeitung hatte ich gelesen, Hunde seien die einzigen Tiere, die in unseren Gesichtern lesen können. Ich setzte mich also mit dem Rücken zum Eingang, damit mich niemand von außen beobachten konnte, rief Bredow, ließ ihn vor mir sitzen und lachte ihn an, worauf Bredow heftig mit dem Schwanz wedelte. Dann zog ich meine Stirn in Falten und guckte böse, blieb aber stumm, um das Experiment nicht zu verfälschen. Bredow wurde nervös, sprang auf, stieß und schob seine Schnauze so lange gegen mein Knie, bis ich lachen mußte und ihn erlöste.

Ich rief Achim an, du darfst den Hund nicht so mürrisch ansehen wie mich, sagte ich, er merkt es.

Und du merkst es nicht?

Natürlich merke ich es, aber ich kann es mir erklären. Der Hund merkt es und kann sich nichts erklären. Er fühlt sich schuldig, das steht jedenfalls in der Zeitung, und ich habe es eben überprüft.

Du langweilst dich wohl in deiner Galerie?

Nein, sagte ich, ich weiß nicht, eigentlich nicht. Und du?

Ich arbeite, sagte Achim, und ich sagte: ich arbeite auch, ich bin hier.

Während ich dieses Kapitel, das ich vor einigen Monaten geschrieben habe, lese, erscheint mir mein Scheitern zwei Seiten später ganz unausweichlich. Ich stecke Johanna in eine Zwangsjacke und wundere mich, daß sie sich nicht bewegen kann. In der gleichen Gemütsverfassung, mit der ich sie schon inmitten der Endmoränen habe hadern lassen, setze ich sie nun in eine Galerie. Nicht einmal ich kann einsehen, daß darin mehr Erfüllung liegen könnte als im Verfassen germanistischer Auftragsarbeiten, was nicht unbedingt bedeuten müßte, daß eine andere Person mit einem anderen Charakter das nicht anders sehen könnte. Aber Johanna ist vernünftig, und eine vernünftige Person von mehr als fünfzig Jahren könnte auch die Entscheidung, nicht mehr vernünftig sein zu wollen, nicht ohne Vernunft treffen. Der einzige vernünftige Grund aber, in Igors Galerie zu arbeiten, wäre, daß Johanna Igors Nähe sucht. Das aber ist nicht beabsichtigt, weder von ihr noch von mir. Oder Johanna ist gezwungen, diese Arbeit anzunehmen, weil die Aufträge ausbleiben, was für meine Geschichte vollkommen sinnlos wäre. Vor allem aber beraube ich meine Figur ihrer schönsten Eigenschaft, ihrer verwunderten Gelassenheit angesichts der Veränderungen, die um sie herum und mit ihr geschehen, eine Eigenschaft übrigens, die mir den Umgang mit ihr oft mühsam hat werden lassen, weil ihr, im Gegensatz zu mir, jeglicher Don Ouichottismus fehlt. Erst als einige, vermutlich jugendliche Kritiker behaupteten, diese Johanna hätte ihre Chance auf einen Neuanfang einfach verpaßt und statt dessen weitergemacht wie vorher, schlug ich mich entschieden auf Johannas Seite, auch wenn sie selbst über sich genau das sagt:

Es ist seltsam, daß ausgerechnet ich, die ich genug wußte über die zufälligen und schicksalhaften Fügungen in fremden Biografien, nicht auf die Idee kam, meine eigene neu zu erfinden oder wenigstens auf ein neues Gleis zu lenken. Statt dessen suchte ich neue Auftraggeber für Nachworte und Biografien.

Aber, sagt sie eine halbe Seite später, *selbst wenn der allgemeine Aufruhr mich damals hingerissen hätte, mir ein zweites Leben zu entwerfen, wäre jeder Plan wahrscheinlich an meinen mangelnden Talenten gescheitert. Ich konnte nichts anderes als gut verständliche Begleittexte und biografische Skizzen schreiben. In mir rumorte keine unterdrückte Begabung, die nur auf ihre Befreiung wartete.*

Johanna ist keine larmoyante Versagerin, sondern eine nüchterne Realistin, die ihren geschrumpften Lebensraum ausmißt und am Ende die Botschaft, die ein ausgesetzter Hund ihr überbringt, versteht. Das Leben geht weiter, heißt die Botschaft, anders als du erwartest, anders als du willst; nimm es an oder nicht.

Und Johannas Antwort ist: *Ein wunderlicher Anfang.*

Jeder Versuch, die Geschichte fortzudenken, kehrt nach einer kurzen Schleife wie ein Bumerang an seinen Ausgangspunkt zurück, an das Ende der ›Endmoränen‹. Seit meiner erlösenden Erkenntnis, die Galerie sei die Fessel des Geschehens, das heißt: meiner Phantasie, sind ein paar Wochen vergangen. Ich habe die Wiese gemäht, die Clematis überredet, in die Birke zu wachsen, für die Familie und Freunde gekocht und sogar gebacken, was ich eigentlich gar nicht kann, ich habe Erzählungen von der großartigen Alice Munro gelesen und mich zum hundertsten Mal gefragt, warum die Leute ihre Bücher den Buchhändlern nicht aus den Händen reißen, ob sie vielleicht darauf warten, daß sie erst den Nobelpreis bekommt, für den sie immerhin seit Jahren im Gespräch ist, oder ob sie nur ihren Namen nicht aussprechen können und darum nicht nach ihr fragen, oder ob sie tatsächlich darauf warten, daß Elke Heidenreich sie ihnen empfiehlt. Dann soll sie es endlich tun.

Ich habe also gemäht, gekocht, mit dem Enkelkind gespielt, gelesen und sitze nun, nachdem wieder Ruhe eingekehrt ist, an meinem Tisch und versuche mich zu erinnern, warum ich ausgerechnet die Galerie für meine Geistesstarre verantwortlich gemacht habe und was denn eigentlich anders wäre, wenn Johanna wie immer am heimischen Schreibtisch säße, um die Biografie oder das Werk einer verstorbenen Berühmtheit für ein wißbegieriges Publikum aufzubereiten. Wüßte ich dann genauer, was ich auf den nächsten dreißig, hundert oder zweihundert Seiten schreiben muß?

Es ist der Zustand äußerster Konfusion. Im Augenblick könnte ich alles beweisen und gleichermaßen widerlegen, jeder Gedanke, scheint mir, war schon gedacht und verworfen, oder doch nicht verworfen? aber warum nicht, da ich ihn genauso akzeptieren wie verwerfen könnte?

Als ich Johanna in die Galerie geschickt habe, wollte ich vor allem, daß ihr Natalia Timofejewnas Briefe in die Hände fallen, daß sie anfängt, sich für Leonora Carrington zu interessieren, daß sie neugierig wird auf Mexiko und Natalia Timofejewnas Verrücktheit. Das alles kommt mir immer noch richtig vor. Warum also nicht die Galerie? Es liegt nicht an der Galerie. Ich könnte Johanna auf einen Stein am Waldrand setzen, in ein verdunkeltes Zimmer, auf einen Stuhl an einem Krankenbett, in ein Flugzeug über dem Atlantik, in einen steckengebliebenen Fahrstuhl oder eben in die Galerie, an jedem Ort der Welt könnte ich sie rückwärts und vorwärts denken und erzählen lassen, wenn ich nur genau wüßte, was ich eigentlich gewollt habe.

Und indem ich das denke – *rückwärts und vorwärts denken und erzählen lassen* –, offenbart sich mir eine neue mögliche Fehlerquelle. Als ich anfing, dieses Buch zu schreiben, wollte ich vor allem wissen, was Johanna nach ihrer Rückkehr aus den Endmoränen tut. Nachdem ich wie ein Elektriker die Kabel des ersten Buches, der ›Endmoränen‹, in das zweite Buch verlegt hatte, schickte ich Johanna in ihr neues Leben, in die Galerie, und sah ihr zu. Natürlich hatte ich mich vorher über den Alltag in vergleichbaren Galerien kundig gemacht und wußte daher, daß, abgesehen von Vernis- und Finissagen, wenig Bemerkenswertes passiert. Es gab also nicht viel, wobei ich Johanna hätte zusehen können. Andererseits hatte ich mich aber der Fron des chronologischen Erzählens ausgeliefert, die ich fast immer vermeide, was allerdings weniger auf eine ästhetische Überzeugung als auf eine dem Temperament entsprungene Vorliebe schließen läßt.

Nur die erste Hälfte meines ersten Buches ›Flugasche‹ habe ich so entschlossen zielgerichtet schreiben können, bis ich der Naivität meiner Heldin (oder auch meiner eigenen müde war), mich von ihr kurzerhand distanzierte, indem ich ihr mein Ich entzog, sie fortan »sie« nannte und den ganzen Rest der Geschichte von hinten, aus der Sicht einer durch die Ereignisse belehrten Josefa Nadler zu Ende erzählte. Seitdem habe ich mir für meine Romane immer eine Erzählposition gesucht, die mir eine andere Ordnung als die der Zeit erlaubte, eine assoziative, eine, die eher der Logik des Denkens und Erinnerns folgte als der des Geschehens. Natürlich könnte ich dafür Gründe nennen, sogar Gründe, die dem Auftrag einer Poetikvorlesung gerecht werden würden. Ich könnte sagen, daß mir eine solche Erzählweise jederzeit die Mehrfachbelichtung des Augenblicks ermöglicht und die übereinandergelagerten Schichten der Erinnerung sichtbar werden läßt; daß ich die Naivität des Erlebens mit den möglichen nachträglichen Interpretationen zu wechselnden Bildern verschmelzen kann. Nicht nur das Erleben selbst unterliegt dem Zufall, sondern auch seine spätere Bewertung, je nachdem welche Erlebnisse, vielleicht erst Jahre später, dem einen folgten und zu welchen kausalen Konstruktionen sie uns verführen. Eine unglückliche Liebe kann uns nachträglich als Glücksfall erscheinen, weil nur ihr Scheitern eine spätere Liebe, die wir für die wahre uns bestimmte Liebe halten, ermöglicht hat. Noch später, wenn auch diese Liebe gescheitert ist, sehen wir in der früheren vielleicht wieder den Unglücksfall, der sie von Anfang an war. Ich könnte sagen, daß mir nur das der Erinnerung und der Assoziation folgende Erzählen meinen verliebten Umgang mit dem Wort »vielleicht« ermöglicht: vielleicht war es so, vielleicht war es anders. Vielleicht – die leichtfüßige Gegenspielerin unserer Gewißheiten (ich halte »vielleicht« für vorwiegend weiblich), das permanente Bewußtsein von unserer Selbstmanipulation und notbeholfenen Welterklärung.

Das alles könnte ich sagen, aber ich sage es nicht. Die Wahrheit ist: es macht mir so einfach mehr Spaß. Würde mir chronologisches Erzählen diesen Spaß bereiten, wären mir alle gepriesenen Vorzüge des nichtchronologischen Erzählens auf andere Art vermutlich auch möglich.

Von meinen Büchern habe ich, während ich schreibe, eher eine räumliche, geometrische Vorstellung als ein in literarischen Kriterien benennbares Konzept. ›Pawels Briefe‹, die Geschichte meiner Familie durch das vorige Jahrhundert, montiert aus Briefen, Erinnerungen meiner Mutter, eigenem Erleben, Mutmaßungen und Leerstellen, erschien mir, sobald ich versuchte, mir das ganze Gebilde vorzustellen, als eine aus vielen kleinen Plättchen zusammengesetzte Kugel, die, wenn mir etwas mißlungen oder aus dem Gleichgewicht geraten war, Beulen bekam oder ihre Rundung verlor. Als poetisches Konzept ist das wahrscheinlich schwer zu vermitteln, zumal andere Bücher andere Formen haben.

Das erinnert mich an einen Traum, der ungefähr zwanzig Jahre zurückliegt. Ich lief durch einen friedhofähnlichen Garten. Er war dunkel und schön mit ungewöhnlich angelegten kurzen und längeren Wegen, die nirgendwohin führten, sie endeten einfach. Die Wege waren Wörter, sie hießen nicht nach Wörtern, sie waren die Wörter, was ich im Traum normal fand und in seinem Sinn ganz und gar verstanden habe.

IV. Versuch

Heute ist der 20. August. In einer Woche werde ich in die Stadt zurückkehren und wollte eigentlich die Arbeit an den Vorlesungen längst abgeschlossen haben. Das Schwerste liegt aber noch vor mir. Bisher habe ich nur meine Schafe gezählt, jetzt muß ich sie auf die Weide führen (so drängt sich das Landleben in die Metaphorik, ich bin selbst überrascht).

Vor zwei Tagen habe ich einen Dokumentarfilm gesehen, den die ARD zu ihrer eigenen Schande nicht nur im allgegenwärtigen Olympiarummel, sondern auch noch in mitternächtlicher Zeit versteckt hatte. Der Film heißt ›Die Siedler‹ und erzählt die Geschichte einer Gruppe von Menschen mit verschiedenen Berufen, darunter Musiker, Handwerker, eine Hebamme, Spezialisten für Software und Heilkräuter, die seit Mitte der siebziger Jahre zusammen leben und arbeiten, zuerst in Bayern, dann in der Schweiz und seit sechs Jahren in Ostvorpommern, wo sie durch einen Bericht im SPIEGEL den Ort Klein-Jasedow fanden, ein aussterbendes Dorf mit verfallenden Häusern in wunderschöner Landschaft und ohne Zukunft. Sie nahmen Kontakt zum Bürgermeister auf, der beglückt war über die mögliche Ankunft von sechzehn Neubürgern, die nicht nur ihre Arbeit mitbrachten, sondern auch ihre Visionen von einem idealen Leben zwischen Kultur und Natur. Die Gruppe kam, baute ihre Häuser auf, pflanzte Heilkräuter an, gab Konzerte, suchte Freundschaft mit den Einheimischen, fand sie und fand auch ihre Feinde: die »Roten Barone«, die selbstermächtigten Nachfahren der LPG mit übel beleumundeter Vergangenheit, Herren über mehr als zehntausend Hektar Land, die eines Tages oder Nachts ihre Herbizide so großzügig über die Landschaft verteilten, daß die Kräuterernte der Siedler verdarb. Die Siedler erstatteten Anzeige, und die bis dahin verhohlene Feindschaft brach offen aus. Was sich als Kampf der ostdeutschen Alteingesessenen gegen die westdeutschen Eindringlinge maskierte, war in Wahrheit ein Konflikt zwischen Stadt und Land, Bildung und Vorurteil, Phantasie und Dogma, Wirklichkeit und Traum, einem gelebten Traum als Enklave inmitten einer trostlosen Wirklichkeit, in der das Wort Zukunft bestenfalls bedeutungslos geworden ist und für viele sogar bedrohlich klingt. Die Nachrichten aus den ländlichen Gebieten Vorpommerns unterscheiden sich kaum voneinander: Arbeitslosigkeit, Abwanderung,

Vergreisung, auch hier in unserer Gegend, wo ich seit mehr als zwanzig Jahren die Sommer verbringe. Seit ich den Film gesehen habe, kann ich mir plötzlich für dieses Land, über das man sich immer noch den alten Bismarckschen Witz erzählt, es würde auch vom Weltuntergang mit hundertjähriger Verspätung ereilt, eine andere Zukunft vorstellen als die allmähliche Verödung. Wo gibt es das sonst, halbleere Ortschaften, die ganze Freundeskreise und Kleinunternehmen besiedeln und ihnen Gestalt geben könnten, wo Raum ist für Lebensexperimente, die nicht mehr Geld kosten, als sich auch aufbringen läßt. Plötzlich passen sie zusammen, das melancholische, irgendwo in der Zeit steckengebliebene Land und die Moderne mit ihrer digitalisierten Arbeit, die man in Casekow, Radekow oder Jasedow so gut erledigen kann wie in Berlin, München und Düsseldorf. Nur in einem Landstrich, der von der Zukunft noch nicht erobert und verplant ist, läßt sich die Zukunft nach der Zukunft denken, und vielleicht ist das verschlafene Vorpommern in zwanzig oder fünfzig oder hundert Jahren zum Sehnsuchtsort der Visionäre geworden, die ihre transportablen Arbeitsplätze dort aufgeschlagen haben, wo alles auf sie zu warten scheint: verfallene Schlösser, weite Horizonte und der nahe Himmel; und vielleicht, abseits vom ökonomischen Diktat der Städte, läßt sich dann wieder zusammenfügen, was jetzt so sinnlos zerrissen ist: unser Arbeits- und unser

Privatleben, unser natürliches und unser kulturelles Sein und nicht zuletzt die Verbundenheit der Generationen.

Es wäre ja möglich, daß Johanna zufriedener wäre, wenn ihr das Schreiben von Biografien nicht als Sinn des Lebens herhalten müßte, sondern nur als ein Teil davon, der andere Teile ermöglichte; als Zweck, der zugleich Mittel wäre. Aber noch harrt Vorpommern seiner neuen Siedler und Johanna sitzt in der Galerie und wartet auf mich, damit ich sie erlöse.

Geh nach Hause, Johanna. Deine Zeit in der Galerie liegt hinter dir, seit Monaten oder schon seit einem Jahr. Wenigstens das weiß ich nun genau: was immer über dich zu erzählen sein wird, es liegt hinter dir. Ich werde dich auch von dem trotzigen und kindischen Entschluß befreien, lieber den ganzen Tag müßig in einer Galerie zu sitzen, als Nachworte oder Biografien zu schreiben.

Nehmen wir an, Johanna hat Igor in seiner Galerie besucht, weil sie zufällig in der Nähe war oder neugierig oder weil sie ihn wiedersehen wollte oder weil er sie darum gebeten hat, jedenfalls nicht, weil sie mit brachialer Gewalt entgegen ihrem defensiven Temperament diesen lähmenden Entschluß gefaßt hat. Und nehmen wir weiter an, Igor muß eine wichtige Reise nach Rußland antreten und sucht, weil seine Aushilfskraft gerade krank ist oder Examen ablegen muß, eine Vertretung. Johanna hat ihre Biografie über Wilhelmine Enke inzwischen abgeschlossen und keine drängenden neuen Pläne. Sie bietet Igor ihre Hilfe an, weil er sie braucht, so wie sie den Hund mitgenommen hat, weil sie ihn nicht stehenlassen konnte. Die Arbeit in der Galerie ist keine Lebensentscheidung, sondern eine zufällige Episode; sie ermöglicht die Ereignisse und ist nicht das Ereignis selbst. Johanna stößt dabei auf Natalia Timofejewnas Briefe, kauft sich einen Stadtplan von Mexico City und ›Das Hörrohr‹ von Leonora Carrington und schreibt einen Brief an Natalia Timofejewna. Wahrscheinlich wird sie ihre Tochter Laura endlich bitten, sie in die Welt der E-Mails einzuführen, und sie wird Natalia vorschlagen, sich im Hotel oder einem Internet-Café eine Mail-Adresse zu besorgen, um ohne Zeitverlust miteinander korrespondieren zu können.

Das, scheint mir jetzt, wird der leichtere Teil meiner Arbeit werden, obwohl ich aus Erfahrung weiß, daß, wenn ich es erst einmal schreiben muß, alles schwer ist. Am schwersten aber wird es sein, Johannas ereignislosen Alltag als eine interessante Geschichte zu erzählen. Ich könnte jemanden auf den Tod erkranken oder sogar sterben lassen. Alle Figuren des Buches habe ich in Gedanken schon einmal in den Tod geschickt, aber letztlich doch Abstand genommen von einer derart gewalttätigen Sinnstiftung. Und eigentlich ist das Problem auch gar nicht neu. Wenn ich, während ich an den ›Endmoränen‹ schrieb, gefragt wurde, worum es in dem Buch geht, konnte ich auch nur antworten: Eine Frau fährt aufs Land, weiß nicht, was sie da soll, und fährt wieder nach Hause.

Diesmal müßte ich von Balance sprechen; eine Person hat die Balance verloren, weiß aber, daß ihr unvorteilhafter Zustand eigentlich ein Gewinn ist; wie jemand, der ein Leben lang mit einer Kugel am Bein herumlaufen mußte und dann, von dieser Kugel befreit, die Mitte seines Körpers erst wiederfinden muß.

Johannas Gleichgewicht beruhte auf einer Täuschung. Abhanden gekommen ist ihr das Gewicht der eigenen Wichtigkeit, einer Wichtigkeit, die keine war; »... eine ganz idiotische Wichtigkeit«, schreibt Johanna an Christian P., »trotzdem fehlt sie mir.« Anders als in der Welt der Gegenstände genügt der menschlichen Psyche oft eine Täuschung, um die Balance zu halten, wenigstens für einige Zeit. Das Ende der Täuschung bedeutet für Johanna vor allem Erschrecken über die Leere, die sie hinterläßt, und die Ahnung, daß diese Leere die Wahrheit ist und jeder Versuch, sie aufzufüllen, die nächste Täuschung werden könnte und daß sie lernen muß, ohne einen durch andere gestifteten Sinn auszukommen. Das ist das *Was.* Alles andere, also alles, ist das *Wie.* Das *Wie* aber finde ich nur beim Schreiben.

Während ich derart im Allgemeinen herumstocherte, bedrängten mich zunehmend die ganz praktischen, aber entscheidenden Fragen:

Wenn ich die Geschichte von ihrem Ende her erzählen will, muß ich das Ende kennen, jedenfalls so weit, daß ich eine diesem Ende gemäße Situation erfinden kann. Was immer ich mir vorzustellen versuchte, sah ich Johanna in einer der kleinen trostlosen Imbißbuchten am Flughafen Tegel, rauchend, eine Tasse Kaffee oder ein Glas Cola vor sich. Sie wartet seit Stunden auf Natalia Timofejewna, deren Flugzeug sich wegen der Wetterlage über dem Atlantik, vielleicht auch wegen einer Bombendrohung verspätet. Eigentlich ist das keine Situation, die einen Rückblick erzwingt, sie ist nicht einmal besonders interessant, aber mir fiel nichts anderes ein.

Vorgestern nacht erklärte ich C., daß Johanna am Ende in Tegel sitzt und wartet, daß ich allerdings immer noch nicht weiß, ob ich in der ersten oder dritten Person erzählen will.

C. sagte, das sei aber wichtig.

Ich sagte, natürlich sei das wichtig, trotzdem wisse ich es nicht. Außerdem fände ich diesen ganzen Schluß ziemlich unsinnig.

C. sah mich kurz an, zog an seiner Pfeife und schwieg, was wohl Zustimmung bedeuten sollte.

Ich erklärte ihm die ganze Lage noch einmal von vorn. Entweder redete ich schneller, als ich dachte, oder ich dachte schneller, als ich redete, jedenfalls hatte ich offenbar den richtigen Anlauf genommen, und in meinem Kopf öffnete sich unter dem neuerlichen Aufprall endlich eine Tür: Johanna wartet nicht, Johanna fliegt ab, nach Mexiko zu Natalia Timofejewna, mit dem Hund; und Achim, ihr Mann, hat sie zum Flugzeug gebracht. Und Achim erzählt. Achim ist das Ich und erzählt über Johanna in der dritten Person.

Ich fand den Einfall genial und erwartete, daß C. genau das sagen würde: das ist genial. Statt dessen sah er mich eher verwundert an, zog, um Zeit zu gewinnen, wieder an der Pfeife und fragte: Kannst du das denn? Du bist doch so eine Ich-Erzählerin.

Ich habe doch ein Ich, sagte ich.

Er meine, ich sei so eine emphatische Ich-Erzählerin, sagte C.

Zwischendurch fiel auch das Wort emanzipiert, dessen Bedeutung mir in diesem Zusammenhang nicht klar war, aber es klang gefährlich.

Ich sagte, daß man in allen Biografien lesen und in allen Talk-Shows sehen könne, wie Männer sich bei ihren Frauen und Frauen sich bei ihren Männern bedankten, weil die immer an sie geglaubt hätten und die Dankenden ohne deren Glauben gar nicht gekonnt hätten, was sie gekonnt haben. Und wenn C. nicht an mich glaube, könne ich es wahrscheinlich auch nicht.

C. beteuerte, immer an mich geglaubt zu haben und auch jetzt an mich zu glauben.

Und überhaupt, sagte ich, wenn ich es nicht kann, schicke ich Achim eben zu Elli, weil er hofft, sie könne ihm erklären, was er nicht versteht, und dann kann Elli ja weitererzählen.

Diese Idee gefiel C. endlich. Das traute er mir auch zu. Elli ist eine Frau. Aber daß ich ein männliches Ich, wenn auch nur als Erzähler, handhaben kann, glaubte er immer noch nicht.

Am nächsten Tag, als mir mein Plan im hellsten Sonnenlicht immer noch gefiel, rief ich meine Freundin K. an, und sie sagte, nachdem ich ihr die Achim-Variante erklärt hatte, endlich den Satz: Das ist genial, sagte sie.

C. glaubt nicht, daß ich das kann, sagte ich.

Na klar kannst du das, sagte K. – K. glaubt eben an mich.

Eigentlich denke ich, daß ich Männer nicht verstehe. Ich habe sie auf eine begrenzte Weise auswendig gelernt, das heißt, ich weiß annähernd, wie sie reagieren, wenn ich ihnen so oder so begegne, und was sie auf bestimmte Fragen oder Behauptungen antworten, ich kann mir allmählich sogar erklären, welcher Vernunft sie folgen, ich verstehe nur nicht warum. Das Innenleben von Frauen hingegen ist mir vertraut. Selbst wenn eine Frau mir mißfällt und ihr Wesen mir eher fremd ist, erkenne ich in ihr auch meine eigenen Verhaltensmöglichkeiten, gegen die ich mich im Laufe meines Lebens irgendwann entschieden habe, aufgrund meines Naturells oder weil ich zur richtigen Zeit auf andere Vorbilder getroffen bin. Aber gerade wegen der potentiellen Gleichheit – und natürlich der ähnlichen Lebenskonstellationen – habe ich mich eher an weiblichem Verhalten gemessen und profiliert. Ich weiß sehr genau, was eine verlassene Frau, die ihren verräterischen Mann rachsüchtig verfolgt, fühlt und warum sie was tut, weil ich in einer vergleichbaren Situation ebenso fühle und ebensolche Rachepläne schmiede und nur aus reiner Selbstliebe darauf verzichte, sie auch zu vollstrecken.

Andererseits durchschauen wir die wahren Beweggründe unserer Entscheidungen oft erst nach Jahren oder auch nie. Jeder mutet sich nur die Motive zu, die er auch ertragen will. Ein Geiziger wird sich für berechtigt sparsam halten, trotzdem ist er in den Augen der anderen Menschen geizig. Neid wird sich als ausgeprägter Sinn für Gerechtigkeit maskieren und die schon erwähnte Rachsucht als Liebe. So gesehen, ist es ganz unwichtig, ob ich verstehe, warum Achim etwas tut, wenn ich nur eine glaubwürdige Vorstellung davon habe, was er tut.

Natürlich bin ich nicht sicher, daß es mir tatsächlich gelingt, ein männliches Ich durch einen Roman zu führen, aber ich habe allergrößte Lust, es zu versuchen. Nicht zu wissen, ob ich kann, was ich mir vorgenommen habe, scheint überhaupt zu den wichtigsten Voraussetzungen des Schreibens zu gehören, jedenfalls für mich. So habe ich mein erstes Buch geschrieben, das Gelächter meiner ehemaligen Kollegen von der Zeitung im Rücken – ihre Antwort auf meine Ankündigung, ich wolle nun einen Roman schreiben. Wenn die Zweifel der anderen allmählich nachlassen, muß man sie eben durch Selbstzweifel ersetzen, um das nötige Maß an Nervosität, Gereiztheit und Ehrgeiz in sich zu wecken.

Ich weiß nicht, ob ich der Achim-Variante gewachsen sein werde. Aber ich halte es für möglich. Und ehe ich auch diese Chance zergrübele, bis sie nicht einmal mir selbst noch interessant vorkommt, fange ich an.

Ich brauche den ersten Satz. Achims ersten Satz. Stehen sie beide noch am Abflugschalter, Johanna und er? Oder läßt sie sich schon mit seitwärts gestreckten Armen nach Waffen durchsuchen? Oder ist Achim auf dem Heimweg und überlegt, ob er im Café ›Einstein‹ frühstücken sollte? Oder kommt er allein in die Wohnung? Oder sind seit Johannas Abreise vielleicht schon Wochen vergangen? Wie fühlt er sich, verlassen, befreit, ratlos?

Er fährt vom Flughafen stadteinwärts, nicht über die Autobahn, er mißtraut der Autobahn, vor allem im Berufsverkehr, und es ist zwischen acht und neun Uhr am Morgen. In der Güntzelstraße, kurz bevor er in die Nassauische einbiegen müßte, sieht er auf die Uhr, es ist fünf Minuten vor neun, um neun Uhr, glaubt er sich zu erinnern, öffnet das ›Einstein‹ und er fährt weiter. Das Café ist noch leer und von morgendlicher Neutralität. Noch kämpfen keine schneidenden, klirrenden, sägenden, dröhnenden, polternden Stimmen um die durchdringenden Frequenzen, kein Zigarettenrauch trübt den Blick in den Garten, wo ein paar Spatzen durch die noch fast kahlen Äste der Bäume toben. Er bestellt einen großen Milchkaffee und ein Stück Mohnkuchen, wählt unter den Zeitungen, die in sperrigen Holzklammern an einem Ständer hängen, eine überregionale und eine Berliner Zeitung, legt sie neben sich und schließt für einen Moment die Augen. Er kommt sich seltsam vor in diesem großen leeren Raum, ein bißchen deplaciert, er fühlt sich wie jemand, der spielt, daß er allein frühstücken geht, aber es gefällt ihm. Johanna sitzt in einem Flugzeug nach Mexiko und er in einem Café bei Mohnkuchen und Milchkaffee. Für einen Monat, hat sie gesagt, vielleicht auch eine oder zwei Wochen länger; aber warum hat sie dann den Hund mitgenommen und mutet ihm die Grausamkeit einer Flugreise in diesem engen Käfig zu, statt ihn in eine Tierpension zu bringen oder einen Pfleger zu suchen. Aber sie hat ja nicht einmal ihn gefragt, wofür er allerdings dankbar war. Wahrscheinlich hat sie gewußt, daß er sich der Betreuung des Hundes über Wochen und Monate nicht gewachsen fühlte, daß er sich lächerlich vorkam, wenn er neben dem Hund stehen mußte und zusehen, wie er die Straße verunreinigte, und daß er überhaupt nicht willens war, Tag für Tag Stunden seiner knapp gewordenen Lebenszeit an ein schwarzes, zottiges, bellendes Wesen, das weder lesen, schreiben, noch sprechen konnte, zu verschwenden.

Bis gestern abend hat er sich nicht vorstellen können, daß sie wirklich abfliegen würde, verschwinden auf unbestimmte Zeit. Er hat gesehen, wie sie den großen Koffer aus der Kammer gezerrt und ihre Kleider eingepackt hat, darunter auch warme Kleidungsstücke, obwohl in Mexiko im April sommerliche Temperaturen herrschten. Aber an den Abenden sei es kalt, hat sie gesagt und ihn dabei mit einem jener merkwürdigen Blicke bedacht, die er seit einiger Zeit schon an ihr bemerkt hatte und die er, obwohl sie ein diffuses Unbehagen in ihm hinterließen, nicht versucht hatte zu ergründen, jedenfalls nicht ernsthaft genug, wie sich nun herausstellte; ein ruhiger, abwartender, zugleich herausfordernder Blick. Nachträglich glaubte er, ihn zum ersten Mal wahrgenommen zu haben, als sie den Hund anbrachte und mitteilte, daß er nun bleiben werde. Was mit dem Hund denn werden solle, hatte er gefragt. Ich glaube, er bleibt, hatte sie gesagt und dabei mit diesem Blick die Unentschlossenheit ihrer Formulierung eindringlich dementiert. Auch als sie ihm eröffnete, sie würde demnächst in der Galerie dieses Russen arbeiten, hatte sie ihn angesehen, als wartete sie auf seinen Widerspruch, nur um zu erklären, warum er ihr gleichgültig war und an ihren

Plänen nichts, gar nichts ändern würde. Sogar zuletzt, als sie sich noch einmal umdrehte, ehe sie im schmalen Durchgang zur Sicherheitskontrolle verschwand, hat sie ihn noch einmal so angesehen: was sagst du nun, hieß dieser Blick; triumphierend, ein bißchen traurig vielleicht auch.

Aber eigentlich, dachte er, eigentlich hat alles mit dem Hund angefangen.

Ich glaube, er bleibt; das war eine Kampfansage, das weiß ich jetzt. Inzwischen hat der Kampf stattgefunden. Aber woher hätte ich damals wissen sollen, daß Johanna mir den Krieg erklärt, einen stillen Krieg, Johannas Krieg eben, aber Krieg, den ich verloren habe, ohne an ihm teilzunehmen. Ich wollte den Hund nicht, aber ich habe nichts gegen ihn unternommen. Ich habe ihn nicht vergiftet, nicht geschlagen oder getreten. Ich habe ihn geduldet, sogar gefüttert und durch die Straßen geführt, wenn Johanna darum bat. Und wenn er mir eins seiner zerfetzten und eingespeichelten Spielzeuge aufs Knie legte, habe ich es ihm in eine Zimmerecke geworfen. Dem Hund war es gleichgültig, ob ich es gern tat oder angewidert war. Nein, nicht der Hund, Johanna war gekränkt, wenn ich meinen Ekel vor den vollgesabberten Gummibällen und Plüschbären nicht ausreichend verbarg und nicht voller Entzücken zusah, wie der Hund seine Jagdgelüste unserem Parkett einschrammte. Ich habe mir darüber keine Gedanken gemacht, damals; sie hat ihren Hund, dachte ich, und ich habe das Recht, ihn nicht zu mögen. Dabei mochte ich ihn sogar, jedenfalls spä-

ter. Als Hund mochte ich ihn, wogegen Johanna ein höheres Wesen in ihm sah, nicht einen Menschen, dafür ist sie zu intelligent und hat zuviel Geschmack, aber ein Wesen, das von Natur aus recht hat, mit göttlicher Kompetenz ausgestattet. Sie bewunderte ihn, sie betete ihn an; gut, ich übertreibe, aber nicht maßlos. Ich nahm an, Johannas Verzückung würde sich allmählich legen, wenn der Hund erst einmal alltäglich geworden sein würde, so alltäglich wie alles andere in unserem Leben, die Arbeit, unsere Tochter, ich. Damals, als Laura geboren wurde, war Johanna auch für ein Jahr in ihrer Mutterschaft versunken. Ein Jahr lang haben wir über nichts anderes gesprochen als Lauras Trink- und Eßgewohnheiten, Lauras Lallen, Lächeln, über ihre Zähne, die zu früh oder zu spät kamen, nichts auf der Welt konnte wichtiger sein als Lauras Verdauung. Damals habe ich befürchtet, die Frau, die ich geheiratet hatte, würde nie wieder auftauchen aus den Wonnen ihrer natürlichen Bestimmung und ich würde für immer ein Fremder bleiben für dieses symbiotische Wesen aus Mutter und Kind. Aber nachdem Johanna sich allmählich davon überzeugt hatte, daß Laura auch dann wuchs und atmete, wenn sie ihr nicht ständig dabei zusah, kam sie selbst wieder zum Vorschein, obwohl meine Mutmaßung, von etwas Bestimmtem, das die beiden verband, ausgeschlossen zu bleiben, sich bestätigt hat. Vielleicht wäre es mit einem Jungen anders gewesen, aber Laura ist nun einmal ein Mädchen.

Jedenfalls glaubte ich, daß Johanna aus ihrem Hundewahn erwachen würde wie damals aus ihrem Mutterschafts-

rausch, und wartete ab. Ich hätte aber bedenken müssen, daß ihr Verhalten nach Lauras Geburt von Hormonen beherrscht wurde, während sie über ihren Umgang mit dem Hund selbst entschied und somit auch nicht zu hoffen war, daß die Sache sich allein durch gesetzmäßige Abläufe in Johannas Körper erledigen würde. Es hat sich nicht erledigt, gar nichts hat sich erledigt. Johanna und der Hund fliegen nach Mexiko, derweil ich bei Milchkaffee und Mohnkuchen im Café sitze.

Während ich darauf wartete, daß der Hund sein göttliches Wesen verlieren und sich auch in Johannas Augen wieder in einen Hund verwandeln würde, braute sich hinter meinem Rücken etwas zusammen. Nein, nicht hinter meinem Rükken, eigentlich vor meinen Augen. Und was ich nicht sehen konnte, erzählte mir Johanna, absonderliche Geschichten von den Spaziergängen, die sie nachts mit dem Hund unternahm, oder aus der Galerie, in der sie tagelang mitsamt dem Hund saß und nichts tat, oder von der verrückten alten Russin, die sich eines Tages aufgemacht hatte, um in Mexiko nach einer anderen Verrückten zu suchen. Und immer hängte sie ihren Erzählungen diesen Blick an, dieses: was sagst du nun? Ich weiß nicht, was ich damals über diesen Blick gedacht habe, ich kann mich nicht einmal genau erinnern, ab wann er mir aufgefallen ist. Jetzt kommt es mir vor, als hätte sie mich das ganze letzte Jahr oder sogar noch länger so angesehen; wenn ich mir ihr Gesicht vorstelle, dann nur so, mit diesem Blick, nicht erwartungsvoll, das nicht, eher abwartend oder gespannt und geduldig wie jemand, der einen Countdown zählt: five, four, three, two, one, zero. Und wäh-

rend all dieser Zeit lag der Hund, schwarz und kleinstmöglich zusammengerollt, fast unsichtbar auf dem schwarzen Ledersofa wie ein hundgewordener Flaschengeist oder Alien, was schließlich nichts anderes ist als ein moderner Flaschengeist, lag schwarz auf dem schwarzen Ledersofa, öffnete nur ab und zu die Augen, so daß das Weiße darin aufleuchtete, um das Ausmaß der Verwirrung zu kontrollieren, die er angezettelt hatte. Nein, nein, nein, der Hund ist ein Hund, kein Gott, kein Flaschengeist, kein Alien, sondern nichts als ein Hund, ein über Jahrtausende domestizierter Wolf, von mir aus sogar der beste Freund des Menschen, aber ein Hund. Trotzdem hat mit diesem Hund, den Johanna Robbi getauft hatte, alles angefangen. Wäre Laura ein Junge geworden, hätte er Robert heißen sollen, das hatte ich fast vergessen. Vielleicht hat Johanna es auch vergessen oder nur nicht daran gedacht.

Irgendwann, ich glaube im Frühjahr, begann Johanna mit ihren Nachtwanderungen. Wenigstens zweimal in der Woche zog sie kurz vor Mitternacht mit dem Hund los und kam erst nach zwei, manchmal sogar drei Stunden wieder.

Früher, sagte Johanna, sehr viel früher, als sie mich noch nicht gekannt und Laura noch nicht geboren hatte, als sie noch kein Auto hatte und kein Geld für Taxen, als sie noch bei ihren Eltern wohnte und später in dieser Bruchbude in der Metzer Straße, früher sei sie oft allein durch die Stadt gezogen, wenn sie von einem Fest kam oder mitten in der Nacht jemanden besuchen wollte, der dann aber nicht zu Hause war. Sie erinnere sich genau an das triumphale Gefühl, in das die tief-

stille, menschenverlassene Stadt sie hatte versetzen können, wenn sie sich vorgestellt hatte, alle Menschen wären gestorben oder geflohen und alle Häuser und Straßen gehörten nun ihr; sie, Johanna, hätte die Stadt erobert, kampflos, durch bloßes Dasein, weil irgendein Spuk, der alle anderen dahingerafft hatte, sie nicht betraf. Die Stadt gehörte ihr, ihr allein.

Sie könne nicht mehr sagen, ob sie sich damals wirklich nicht gefürchtet oder ob die Angst dazugehört hatte, weil sie erobert werden mußte wie die Einsamkeit. Wer einsam war und für seine Angst ganz allein zuständig, war erwachsen. Später, als ihr Erwachsensein nicht mehr angezweifelt werden konnte, hätte sie ihre Kampfansage an die Stadt wohl zurückgezogen. Einsame nächtliche Wege hätte sie nur noch auf sich genommen, wenn sie unvermeidlich waren, und erleuchtete Fenster hätten sie eher beruhigt, als daß sie dahinter überlebende Feinde imaginiert hätte.

Sie erzählte das wirklich hübsch, und mir fiel eine Zeile von Kleist aus dieser dröhnenden Germania-Ode ein: *… nicht der Mond, der, in den Städten, / aus den öden Fenstern blinkt, …*

Dabei, sagte Johanna, und das merke sie erst jetzt, hätten ihr diese Spaziergänge in all den Jahren gefehlt, ohne daß sie es genau so hätte sagen können: mir fehlen die nächtlichen Spaziergänge, aber die Empfindungen, die sie in ihr auslösten, hätte sie vermißt, einen gewissen hochmütigen Abstand zur Welt, wenn fast alle Menschen sich wie die Tiere in ihre

Höhlen zurückgezogen hätten und schliefen oder ihren Geschlechtstrieb auslebten, wenn die Stadt so stumm und farblos war, daß sie sich einbilden konnte, sie ließe sich neu erfinden, und wenn die Straßen sich wie Skelettknochen vor ihr ausbreiteten, ohne Fleisch und Blut, fühle sie einfach anders, unabhängiger, kühler. Und diese wiedergewonnene Freiheit, sagte Johanna, verdanke sie nur dem Hund.

Ihr Blick, den sie dem Satz anfügte wie ein Frage- oder Ausrufungszeichen, verlangte nach einer Antwort und ließ gleichermaßen keine zu. Dem Hund verdankte sie also die Freiheit, zu der ich ihr nicht verhalf, weil ich nachts nicht mit ihr spazierengehen wollte, sondern lieber am Schreibtisch saß, der Welt den Rücken zugewandt, wie Johanna meinte. Ich hielt ihren unausgesprochenen Vorwurf für unlogisch, denn in meiner Begleitung wäre sie nicht allein gewesen, so daß sie sich ihren pathetischen Einsamkeitsphantasien gar nicht hätte hingeben können.

Aber ich gebe zu, daß ich damals, nachdem ich mich mit der Anwesenheit des Hundes einmal abgefunden hatte, wenig Gedanken verwendete auf Johannas neue Gewohnheiten. Ich nahm nur dankbar zur Kenntnis, wie allmählich die Unzufriedenheit, ja, Mißlaunigkeit von ihr abfiel, die in der letzten Zeit zu ihrem auffälligsten Wesensmerkmal geworden war und die ich ihrem schwierigen Alter zuschrieb. Plötzlich hörte ich sie wieder aus dem Hintergrund der Wohnung lachen, unvermittelt und übermütig, wie früher, wenn sie mit Elli oder einer anderen Freundin, manchmal auch mit Laura, telefonierte und wovon zuletzt nur ein Raunen und

Wispern geblieben war, das in mir immer den Verdacht nährte, es gälte mir; ich sollte nicht hören, was da gesprochen wurde, weil ich der Gegenstand des Geraunes war, auf jeden Fall als Mitwisser unerwünscht. Sobald ich in Johannas Nähe kam, verließ sie, als wollte sie mich mit ihrem Gerede nicht stören, den Raum und wanderte mit dem Telefon durch die Wohnung.

Mit dem Hund lachte Johanna wieder, sie gurrte und scherzte, rief laut: bravo, Robbi, und klatschte in die Hände, wenn der Hund irgendeine Intelligenzaufgabe, die Johanna sich ausgedacht hatte, gelöst oder ein neues Wort gelernt hatte. …

Hier und heute, am 26. Oktober, unterbreche ich Achims Erzählung, zum einen, weil ich die Arbeit wegen einer Reise in die USA ohnehin ruhen lassen mußte, vor allem aber, weil ich nun erst einmal in Ruhe und unter Ausschluß der Öffentlichkeit prüfen muß, ob meine neue Konstruktion halten kann, was ich von ihr erwarte. Soll Achim wirklich nur ein Ich sein oder doch auch ein Er? Wie lange bleibt er bei seinem Milchkaffee im Café ›Einstein‹ sitzen? Wieviel Zeit braucht er, um zu verstehen, was eigentlich passiert ist, denn ein verständnisloser Achim, scheint mir, wäre auf Dauer kein guter Erzähler. Wie lange also dauert die reale Zeit des Erzählens? Einen Tag, eine Woche, einen Monat? Meldet sich Johanna aus Mexiko, oder bleibt sie abwesend und nur in Achims Darstellung gegenwärtig?

Wie immer die Antworten ausfallen werden: die Hoffnung, meine Schreibkrise zu überwinden, indem ich zu Ihnen über das Schreiben spreche, hat sich wohl erfüllt; bis zur nächsten Krise jedenfalls.

Meine Reise nach Amerika fiel in die letzte Phase des Wahlkampfes um die Präsidentschaft und in das dramatische Baseball-Match der Red Sox aus Boston gegen die Yankees aus New York. An dem Sonnabend, an dem ich in Boston ankam, verloren die Red Sox ihr zweites Spiel, am Tag darauf das dritte, was niemanden verwunderte, weil die Red Sox gegen die Yankees seit fast zwanzig Jahren immer verlieren. Zu einer Baseball-Serie gehören sieben Spiele, das Schicksal der Red Sox hatte sich also fast erfüllt. Vermutlich wäre ich gar nicht in den Strudel der ganzen Baseball-Aufregung geraten, hätten meine Begleiterin und ich nicht auf jeder Station unserer Reise nach einem Etablissement gesucht, wo wir zu einem Glas Wein auch eine Zigarette rauchen durften. So gerieten wir unter die Red-Sox-Fans. Überhaupt verdankte ich meinem unerschrockenen Vergnügen am Rauchen die interessantesten Eindrücke und Begegnungen. Schon bei der Einreise, für die ich mir während des Fluges verschiedene Taktiken ausgedacht und, falls das amerikanische Sicherheitsbedürfnis mit meiner Menschenwürde kollidieren sollte, sogar einen sofortigen Rückflug in Erwägung gezogen hatte, schon bei der Einreise führte eine Stange Zigaretten, die ich in einer Plastiktüte auf dem Tresen des Paßkontrolleurs ablegte, um meine Zeigefinger nacheinander in ein rotleuchtendes Kästchen zu stecken, zu einem kleinen, unerwartet menschlichen Gespräch. Ob in der Tüte Zigaretten seien, fragte der sehr junge Mann hinter dem Schalter, während der Computer nach meinem Fingerabdruck in den Fahndungslisten suchte.

Ja, sagte ich.

Ob ich selbst rauchte.

Ja.

Wie lange?

Lange.

Zwanzig Jahre? Dreißig?

Ja, sagte ich.

Der Junge schüttelte verwundert den Kopf, wahrscheinlich weil ich überhaupt noch lebte, und wünschte mir einen angenehmen Aufenthalt. Das war wirklich der netteste Empfang, den Amerikas Paßkontrolleure mir je bereitet haben.

Aber zurück zu den Red Sox. Nachdem sie drei Spiele verloren hatten, fingen sie an zu siegen. Ich glaube, wir waren gerade in Middleburry, Vermont, als sie das dritte gewannen. Der Staat Vermont gehört offenbar zum Fan-Einzugsgebiet der Red Sox. In der Bar, wo wir gerade Wein tranken und dabei rauchten, lehnte ein einziger Yankee-Fan, erkennbar an seiner Mütze mit Yankee-Emblem, inmitten jubelnder Red-Sox-Anhänger an der Wand und starrte traurig, aber unbehelligt auf den Bildschirm. Ich war für die Red Sox und dachte darüber nach, was mich bewog, in einer Sache, die mich weder interessierte noch das geringste anging, überhaupt Partei zu ergreifen, und kam zu dem Schluß, daß die Aussicht, es könnte etwas ganz Unerwartetes, worauf kaum einer noch zu hoffen wagte, passieren, mich zum Parteigänger der Red Sox gemacht hatte. Denn 1918 hatte die Mannschaft zum letzten Mal die Meisterschaft gewonnen. Seit aber der Sox-Besitzer Harry Freeze ein Jahr darauf den besten Spieler der Red Sox, den legendären Babe Ruth, für 125 000 Dollar an die Yankees verkauft hat, um seine Broadway-Show zu finanzieren, nie wieder. Und fast immer scheiterten sie an den Yankees. Seit dem Verkauf von Babe Ruth, sagt man, liegt ein Fluch auf den Red Sox, den sie nun, nach sechsundachtzig Jahren vielleicht, endlich, brechen konnten; von 0:3 hatten sie es bis 3:3 geschafft. Wer dreimal hintereinander verloren hat, kann auch ein viertes Mal verlieren, und wer dreimal hintereinander gewonnen hat, glaubt an seinen vierten Sieg. Das siebente Spiel taugte zum Orakel. Wenn die Red Sox die Yankees schlagen können, dann kann John Kerry auch Bush besiegen, dachte ich, wodurch mein Interesse für diese seltsame Sportart sich endgültig zur Leidenschaft steigerte. Als wir wieder in Boston waren, hatten die Red Sox es wirklich geschafft. Sie standen im Finale; und gestern, am 27. Oktober, knapp eine Woche vor der Präsidentschaftswahl, meldeten die Agenturen:

»Erstmals seit 1918 haben die Boston Red Sox wieder die World Series gewonnen. Die Vorentscheidung des letzten Spiels fiel im 3. Inning durch einen Homerun von Jonny Damon. Damit hat Boston acht Finalspiele in Folge nicht verloren Das war noch keinem Major League Baseball-Team in den Playoffs gelungen.«

Plötzlich stand sogar in den Zeitungen, daß der Sieg der Red Sox Senator Kerry zu seinem Sieg verhelfen könnte. Bis Bin Laden ein neues Video schickte und damit die Red Sox aus dem Feld schlug.

Vor zwei Wochen saß ich noch in Boston in morgendlicher Kälte auf der Bank im Gärtchen meines Hotels, rauchte eine Zigarette und sah zu, wie von rechts nach links ein Menschenstrom auf die gegenüberliegende U-Bahn-Station zustrebte und von links nach rechts ein anderer von ihr fort. Die Einsteiger hielten ihre gedeckelten Kaffeebecher in den Händen, von den Aussteigern zündeten sich mehr, als ich für möglich gehalten hatte, hastig eine Zigarette an, die sie vermutlich so genußlos wie ich im Weitergehen rauchten. Es war Montag. Am Tag zuvor waren mir all diese

Kaffeetrinker und Raucher als Jogger begegnet, eine ganze Stadt voller Jogger, außer den Hundebesitzern, die sich zum »Walking for animals« im Park am anderen Ende der Charles Street trafen. Alle Hunde liefen an der Leine, alle Rüden waren kastriert und wenigstens die Hälfte aller Hunde waren Golden Retriever, die zahmste, gehorsamste, unkomplizierteste unter den Hunderassen.

Ich saß auf der Bank im Hotelgärtchen, die Zigarette zwischen den klammen Fingern, und fragte mich, ob vier oder fünf Jahre vorher die gleichen Bilder ebenso unbehagliche Gefühle in mir geweckt hätten oder ob ich jetzt eben immer auch sah, was ich wußte: über den Krieg, Guantanamo, über George W. Bush, die gewachsene Macht der religiösen Fanatiker und die lustvolle Bereitschaft, Feindbilder zu pflegen, das des Rauchers fast mit gleicher Leidenschaft wie das des Terroristen. Ich weiß es nicht. Kann man sein Wissen von der Wahrnehmung überhaupt trennen?

Amerika war das Land, in dem mir das Wort Freiheit zur konkreten Erfahrung geworden ist, in dem ich es verstanden habe mit seinen Verheißungen und seinen Risiken. Jetzt habe ich das Gefühl, ganz persönlich etwas zu verlieren. Und das nicht, weil die politischen Folgen einer zweiten Amtszeit von George W. Bush noch gar nicht zu ermessen sind, sondern weil ich befürchte, daß etwas verlorengeht, das ich bewundert und geliebt habe. Mein Vertrauen in Amerika gründet in der Erfahrung, daß es sich bisher, im Gegensatz zu uns, aus allen seinen Katastrophen und Krisen selbst befreit hat: die Amerikaner haben die McCarthy-Ära überwunden, ihre Rassen-Konflikte befriedet und den Vietnam-Krieg beendet. Im Augenblick, das gebe ich zu, ist mein Vertrauen erschüttert, aber nicht verloren.

Diese andere Hälfte von Amerika hat es immer gegeben, die Evangelisten, Mennoniten, Shaker, Amish, den konservativen Mittelwesten, wo New York als Sündenbabel gilt und der Rest der Welt im Nebel der Unwissenheit versinkt, das Amerika zwischen den Küsten und abseits der Städte, das wir eher aus Filmen kennen als aus der Anschauung. Vier Jahre sind viel Zeit in der Welt des Internets, der Globalisierung und des permanenten Umbruchs. Trotzdem hoffe ich auf die andere Hälfte Amerikas und auf die nächste Wahl und darauf, daß dann die erste Frau als Präsidentin in das Weiße Haus einziehen wird.

Jetzt aber, und das fällt mir schwer, muß ich mich davon überzeugen, daß das Wichtigste auf der Welt nicht Amerikas neuer Präsident, nicht der Irak-Krieg, nicht die Globalisierung, schon gar nicht der deutsche Ost-West-Konflikt oder die Steuer-Reform ist, sondern Achim vor seinem Milchkaffee und Mohnkuchen im Café ›Einstein‹, Johanna und ihr Hund, Natalia Timofejewna, Igor, Leonora Carrington und ein Sehnsuchtsort, der nicht New York, sondern Mexico City heißt.

Monika Maron

Flugasche
Roman
Band 2317

Das Mißverständnis
Vier Erzählungen
und ein Stück
Band 10826

Nach Maßgabe meiner Begreifungskraft
Artikel und Essays
123 Seiten. Broschur.
S. Fischer und Band 12728

Stille Zeile Sechs
Roman
219 Seiten. Leinen.
S. Fischer und Band 11804

Die Überläuferin
Roman
221 Seiten. Leinen.
S. Fischer und Band 9197

Animal triste
Roman
240 Seiten. Leinen.
S. Fischer und Band 13933

Pawels Briefe
Eine Familiengeschichte
208 Seiten. Leinen.
S. Fischer und Band 14940

quer über die Gleise
Essays, Artikel, Zwischenrufe
159 Seiten. Broschur.
S. Fischer 2000

Herr Aurich
Erzählung
64 Seiten. Pappband.
S. Fischer 2001

Endmoränen
Roman
256 Seiten. Leinen.
S. Fischer 2002

Fischer Taschenbuch Verlag

fi 555 014 / 2